IL SOLE DELL'ALFA

RENEE ROSE
LEE SAVINO

Traduzione di
ANNALISA LOVAT

ROMANCE

 Creato con Vellum

OTTIENI IL TUO LIBRO GRATIS!

Iscrivetevi alla newsletter di Renee per ricevere Indomita, scene bonus gratuite e notifiche riguardo a nuove pubblicazioni!

https://subscribepage.com/reneeroseit

PROLOGO

Sunny

"Sei tutto duro."

Titus sbuffa sotto alle mie mani. Il suo grosso corpo è disteso sul lettino da massaggi, il volto nascosto, appoggiato sui rigidi bicipiti. Gli sto lavorando le spalle da mezz'ora e non si è rilassato un solo secondo. Anzi, pare essere ancora più teso di prima.

Faccio scorrere una mano sulla superficie mozzafiato della sua schiena, seguendo le forme ondeggianti dei suoi tatuaggi tribali e grattandolo leggermente. Lo sento espirare, un suono che è a metà tra un ringhio e qualcosa di più morbido e delicato. Come le fusa di un gatto.

"Puoi girarti adesso," suggerisco con delicatezza, e gli tengo su l'asciugamano per aiutarlo a girarsi mantenendo la sua privacy. Non sbircio mai con i clienti, ma con Titus non posso trattenermi. La curva solida delle sue natiche, la cresta dei fianchi, una rapida occhiata a qualcosa di grosso e lungo con una base di intricati peli…

Ricade sulla schiena e la fonte della sua tensione mi appare evidente.

"Oh mio Dio. Ce l'hai duro." O si è messo una bandierina in mezzo alle gambe sotto all'asciugamano, o ha l'erezione più enorme che abbia mai visto. Ci è stato sdraiato sopra per tutto il tempo? Non c'è da stupirsi che stesse scomodo.

Mi lecco le labbra, fissando l'asciugamano teso. Dovrei iniziare a massaggiargli le gambe, sciogliendo i nodi più tesi, lavorando con il palmo sopra alle ginocchia, ma non ha senso. Non con quell'uccello meraviglioso che offre il suo saluto al cielo. Non si rilasserà mai, se prima qualcuno non si occuperà di lenire la sua eccitazione.

Quel qualcuno sono io. *Evviva!*

Mi sfilo un braccialetto elastico dal polso e lo uso per legarmi i capelli. Mi sono già tolta il mio scialle stravagante, scoprendo le braccia e la scollatura lentigginosa lasciata in vista dal top con i laccetti.

"Lascia che ti metta più a tuo agio," mormoro, allungando le mani sotto all'asciugamanino. Santi del cielo, mi serve tutta la lunghezza delle dita per farci il giro. Afferro la base pulsante con una mano e levo l'asciugamano con l'altra. La cappella scoperta è gocciolante e ci passo sopra la lingua per assaggiarlo…

Un ringhio feroce e Titus si alza di scatto prendendomi il mento. "Lo fai per tutti i tuoi clienti?" I suoi occhi normalmente grigi sono di un azzurro acceso e luminoso che contrasta con il colore arancio e rosso della corona che ha attorno alla testa.

La sua aura è davvero stupefacente. La passione, l'eccitazione – fiamme che crepitano incandescenti – così intensa…

"Sunny!"

Sbatto le palpebre. Sta parlando con me. Mi sta chiedendo qualcosa. Qualcosa di importante… perché rosso significa…

"Sei arrabbiato," dico in un sussurro, meravigliata dai luccicanti colori del tramonto.

Ringhia di nuovo, ma la mano che tiene sul mio viso è delicata. È così grande e potente che potrebbe spaccarmi in due senza pensarci tanto. Ma non lo fa. È infinitamente delicato, sussulta quando il mio lettino scricchiola sotto alla sua massiccia stazza tutta muscoli. Ha passato l'intero pomeriggio sotto al pianale del mio mini-van, a sbattere chiavi inglesi e a gridare parolacce fino a che il motore non ha fatto le fusa come un gattino. Il massaggio doveva essere una forma di ringraziamento. Sapevo che c'era della chimica tra noi… ma non mi ero mai resa conto di quanta fosse.

"Rispondimi," mi ordina. È così autoritario. "Fai pompini a tutti i tuoi clienti?"

Arrossisco un poco. Credo nell'amore libero, ma se un altro uomo dicesse ciò che sta insinuando lui ora, gli darei uno schiaffo. Inarco un sopracciglio. "Tu hai un'erezione a ogni massaggio?"

Il suo petto si alza e riabbassa, il respiro fa svolazzare le ciocche di capelli che gli ricadono attorno al viso. Tra un minuto esplode. Un sacco di rabbia. Non provo paura. No. Cosa ne verrebbe fuori, a letto, se venisse trasformata in passione?

"No," dice in un ringhio.

Incrocio le braccia sul petto e gli faccio vedere che non intendo farmi comandare a bacchetta. I suoi occhi si posano sui miei seni. Morbidamente e chiaramente definiti sotto alla sottile maglietta che indosso.

Titus mi rivolge un'occhiata così selvaggia e disperata che ho quasi pena per lui. "Non faccio pompini ai miei clienti. Neanche a quelli che mi aiutano quando il mio mini-van è in panne." *O che mi proteggono quando succede qualche brutta cagata con mia figlia.* Tocco la sua coscia rigida e il muscolo gigante sobbalza sotto alla mia piccola mano. "Questo è per te, Titus. Solo per te."

La luce attorno alla sua testa diventa di un colore oro intenso.

"Mia," ringhia, con una voce così profonda che quasi non capisco la parola. Prima che possa protestare, mi è addosso. La sua mano gigantesca scivola sotto alla maglietta, sopra al mio stomaco piatto, arrivando a toccarmi il seno.

"Niente reggiseno. Lo sapevo."

"Non porto mai il reggiseno," lo informo. "Né le mutandine."

Emette un suono impotente e si lascia cadere in ginocchio sul pavimento. La sua grossa mano si infila sotto alla mia gonna svolazzante, poi lui si piega in avanti, preme la faccia contro il mio sesso scoperto e inspira. *Oh, santo cielo.* Mi appoggio al lettino, le gambe troppo deboli per sorreggermi.

"Titus…"

"Silenzio." La mano sinistra, ancora sotto alla maglietta, mi stringe con forza un seno. "Ne ho abbastanza del tuo gironzolare avanti e indietro, del tuo sfoggiare il tuo bel corpicino stretto… cazzo!" Le dita della sua mano destra scivolano sul mio sesso fradicio. "Come fai a essere così stretta?"

"Yoga," annaspo. "Un sacco di yoga."

"Intendo qui," borbotta, scopandomi con un dito. "Stringi talmente la fica che potresti spezzarmi le dita, cazzo!"

"Ah, oh… quello? È passato un po' di tempo…" *Da quanto non vado a letto con qualcuno? Sono totalmente propensa al sesso, ma sono rimasta un po' a bocca asciutta* ultimamente. "Sono successe un sacco di cose. La mafia, mia figlia nei guai…"

"Taci," mormora, sempre parlando con la bocca premuta contro il mio sesso. Non senza gentilezza. "Ecco come andranno le cose. Intendo mangiartela fino a farti gridare. Poi voglio scoparti fino a farti gridare ancora di più."

Lecca lungo la mia fessura e mi tremano le ginocchia. "Titus," gemo.

"Esatto, tesoro. Pronuncia il mio nome. Sono io quello che ti scopa. Nessun altro."

Ah, così deliziosamente possessivo. Riderei, ma le sue parole sono nervose. La tensione della sua mascella parla di dolore. Qualcuno ha fatto del male a quest'uomo enorme e bellissimo.

Gli poso una mano sulla mandibola. "Stanotte sono tua."

Con un ringhio che assomiglia quasi a un ruggito, mi solleva e va a grandi passi verso camera mia, aprendo la porta con un calcio.

TRE GIORNI DOPO…

LA MORBIDA LUCE del giorno mi illumina il viso. Scivolo da sotto il grosso braccio tatuato di Titus e scendo dal letto senza svegliarlo. Ha il volto più rilassato di quanto non sia mai stato durante l'intera settimana. Dopo il tentato massaggio, non siamo quasi mai usciti dal letto, abbandonandolo temporaneamente solo per andare al barbecue con Tank, il figlio di Titus, e i suoi amici del club motociclistico. Per essere un motociclista, Titus è piuttosto teso, ma ora sta dormendo come fosse morto.

Il buon sesso ha questi effetti su un uomo. Mi lucido mentalmente le unghie sulla maglietta. Sono stata io.

Vado in punta di piedi alla mia borsa, sussultando quando sento il letto scricchiolare. È inclinato di lato... rotto. *Ops.* Mi premo una mano sulla bocca prima di mettermi a ridere come una ragazzina. Titus è rigido e teso di solito, ma quando si lascia andare? Il letto non è l'unico a sentire la forza della sua passione. Resterò indolenzita per giorni, ma non mi importa. È stato sesso magnifico. Selvaggio, incontrollato, duro. Penso che Titus si sia addirittura spaventato per l'intensità con cui mi desiderava. Per quanto bisogno aveva di farmi sua.

Che eccitante.

Ma tutte le belle cose devono finire.

Tiro fuori una delle mie carte dipinte a mano – un acquerello della Cathedral Rock, a Sedona – e la ruoto. Sul retro uso una penna nera da calligrafia per scrivere:

Titus,

grazie di tutto.

Mi mordo il labbro inferiore, ricordando il dolore che gli ho visto in volto. Una donna ha fatto del male a Titus, e sarò anche una pacifista, ma le strapperei gli occhi con le mie stesse mani, se mai la incontrassi. Ma questa non è la mia battaglia.

Picchietto la penna contro la carta. Cos'altro scrivere? *Vorrei che fossi pronto per una relazione? Chiamami quando risolvi i tuoi casini?*

E invece scrivo:

Spero che ci rivedremo presto.

Con affetto,

Sunny.

Ecco. Breve e dolce. Dice tutto ciò che gli devo dire.

Sgattaiolo fuori dall'appartamento che il club dei motociclisti mi ha fornito durante questa settimana e chiudo piano la porta. Chiederò a mia figlia di venire a prendere il mio lettino da massaggi e di tenermelo da parte fino al mio ritorno a Tucson. Lei ha piantato radici e ha trovato qui la sua anima gemella. È al sicuro ora, vive con il figlio di Titus. Foxfire e Tank erano fatti per stare insieme.

Io e Titus… questa è un'altra storia. Non so cosa tenga in serbo per noi il nostro futuro, ma andarmene è la cosa giusta da fare.

Tra me e Titus c'è della chimica. Un sacco. Ma io sono troppo per quest'uomo.

È la storia della mia vita.

Titus è come il suo animale guida: il lupo. È fatto per vagare libero. È un cacciatore, ma una volta che mi ha catturata, non sa più che farsene di me.

E che sia dannata se me ne starò qui, dove non finirei che per essere ferita di nuovo.

Se siamo fatti per stare insieme, l'Universo ci rimetterà insieme.

Ne sono sicura.

Percorro il marciapiede in punta di piedi come una collegiale che esce con i vestiti della sera prima dalla camera, e monto a bordo di Daisy, il mio mini-van Volkswagen. Parte subito, grazie a Titus.

La strada scorre indistinta mentre mi allontano, ma non mi guardo indietro.

Non posso.

Andarsene è la cosa giusta da fare, indipendentemente da quanto faccia male.

CAPITOLO UNO

Titus

PARCHEGGIO la mia moto al ponte sulla gola del Rio Grande e scendo a controllare la scena alla base della struttura.

E che scena. Ci sono venditori raggruppati di lato, alcuni con dei banchetti, altri che operano fuori da furgoncini o dai cassoni dei pick-up. Ci sono noccioline del Colorado in vendita. Miele locale. Gioielli. I venditori sono un mix di nativi americani e hippie.

Un ponte si estende sopra alla gola del Rio Grande, sospeso alla nauseante altezza di duecento metri o forse più sull'enorme canyon. Sento una guida turistica che spiega a qualcuno che si tratta di uno dei ponti più alti del Paese. Lo riconosco da *Easy Rider* e penso di averlo visto anche in uno dei vari *Terminator*: i miei preferiti.

Annuso l'aria e sento gli odori di caffè, gelato e sudore. Il sole picchia forte a questa altitudine e la mia giacca di pelle sembra improvvisamente troppo pesante.

Me la levo di dosso e la getto sopra alla sella della moto. Non so perché, ma ho una buona sensazione riguardo a quest'area di sosta. Come se sapessi di poter ottenere le informazioni di cui ho bisogno da uno di questi umani che gironzolano qui. C'è un'energia positiva che fa vibrare l'aria.

Qualcuno sa qualcosa. Sono qui per un motivo, lo sento.

Il mio alfa mi ha mandato a fare delle ricerche più approfondite su alcune informazioni che abbiamo ricevuto riguardo a un altro laboratorio della Data X, qui sull'altopiano del Nuovo Messico. Ho cercato nei laboratori della Sandia National, perché pensavamo che potesse essere lì, ma non ho sentito alcun odore di mutante. Ho dato una controllata a Roswell, a causa delle credenze aliene, ma anche lì sono uscito a mani vuote. Ci saranno anche degli alieni, probabilmente, ma niente odore di mutante.

Conosco solo un lupo nel Nuovo Messico, ed è un solitario. Niente branco, totalmente scollegato dal resto. Talmente scollegato che non ha un telefono, né fisso né tantomeno cellulare. Sono anni che non lo vedo. Cavolo, non so neanche se sia ancora da queste parti, ma immagino che, qualsiasi cagata sia successa con i tizi della Data X – prove di laboratorio sui mutanti richieste dal governo o scomparse avvenute all'interno del suo Stato – lui ne sarà di certo al corrente.

Quindi sono venuto nell'unico posto dove so che va sempre in estate: l'area del Rio Pueblo de Taos e del Red River, dove viene a pescare.

"Titus? Oh santo cielo!" Una voce femminile mi fa fermare di colpo e tutto il mio corpo reagisce come se fosse stato travolto da un'improvvisa ondata di desiderio che mi scorre nelle vene.

Cazzo.

Non lei.

Non sono per niente dell'umore per questo, adesso.

Ruoto lentamente, e anche se sono pronto a vedere la luminosità di Sunny Hines, la sua bellezza mi fa tremare le ginocchia.

Tendo la mandibola, sforzandomi di respirare.

"Sunny." Il nome esce come un ringhio. Come un'ammonizione, e penso che lo sia.

Questa donna significa fottuti guai. Fottuti con la F maiuscola.

Una hippie seguace dell'amore libero che ha fatto irruzione nella mia vita due anni fa come un dannato uragano. E ha decisamente fatto danni dove è passata. E non mi ero neanche reso conto di quanto fossi appeso a un filo con lei.

Indossa una magliettina corta che dà bella mostra delle sue braccia affusolate e toniche, e i lunghi capelli biondi sono acconciati in tante piccole trecce che le ricadono sulla spalla delicata. Si lancia verso di me.

Non direste mai che una donna così minuta possa generare un tale impatto, ma mi devo tenere pronto per accogliere e ammortizzare il suo abbraccio, e non ho altra scelta che stringerla e sollevarla da terra. Le sue braccia mi si chiudono attorno al collo.

"Santi del cielo. Sapevo che ti avrei rivisto! È grandioso. Che sorpresa." Quasi non respira tra una frase e l'altra. "Come va? Sei stato a Tucson a trovare i ragazzi?"

Cerco di divincolarmi dal suo abbraccio, più che altro perché il contatto con quei morbidi seni privi di reggiseno che mi si strusciano contro il petto è troppo da sopportare. Soprattutto se combinati con il suo odore unico. Non so cosa sia – probabilmente una qualche cagata di franchincenso o patchouli – ma su di lei sta divinamente. Su di lei sa di potere femminile mescolato a misticismo.

Sa di pericolo.

Ma il mio lupo non la pensa così. Il mio lupo crede che sappia di piacere edonistico.

E lui ci sta di brutto.

Ma io no.

No, cazzo. Questa femmina – questa femmina *umana* – è l'ultima persona con cui ho bisogno di legarmi. Se penso di avere fatto un errore con la mia prima compagna, so senza ombra di dubbio che questa è cento volte peggio.

Almeno Barbara è rimasta nei paraggi qualche anno per vedere come cresceva Titus Junior. Ma forse non è giusto. Da quello che posso dire, Sunny è stata una madre single fantastica per Foxfire, la compagna di mio figlio.

Ma è sbadata come non mai. Una specie di fatina volante fuori di zucca.

Mi schiarisco la gola, cercando di fare un passo indietro, ma lei mi segue e continua a invadere il mio spazio personale. Dannazione a lei. "Uh, sì. Ho visto i ragazzi qualche settimana fa. Tutto bene."

"Si parla di nipotini?" La speranza che le illumina il volto è così accecante che mi viene voglia di distogliere lo sguardo. La gente non dovrebbe mostrare con tale trasparenza le proprie emozioni. È inquietante. Mi aggroviglia lo stomaco in un modo strano.

"No," dico bruscamente. "Almeno niente che io abbia sentito. Ma non sono il tipo da spingere quel genere di cose." La guardo torvo, come se fosse del tutto inopportuno per una donna di cinquant'anni – una donna che sembra troppo bella per avere cinquant'anni – volere dei nipoti.

La sua espressione si allenta un poco e lei fa un passo indietro.

Sono immediatamente dispiaciuto per essere stato tanto stronzo. Il mio lupo si agita, irrequieto, come se avesse bisogno che sistemassi le cose. All'istante. Prima di capire ciò che sto facendo, allungo una mano e le tocco il braccio.

Le accarezzo il braccio, *cazzo*, come se avessi tutti i diritti di toccarla a quel modo. Come se avessi il permesso di accarezzare la sua pelle morbida baciata dal sole. "Sono sicuro che alla fine arriveranno. I ragazzi sono ancora giovani."

Una sorta di dolore le attraversa il volto, qualcosa che non sono in grado di decifrare, ma poi annuisce e il sorriso ritorna. "Beh, che ci fai qui, Titus? Chiaramente non sei venuto a trovare me."

L'idea che sia venuto a trovarla è ridicola, e deve saperlo, perché il rossore le sale dal collo alle guance. Sarà anche adorabile vedere una donna della nostra età che arrossisce, ma ribadisco: questa donna la deve smettere di mostrare ogni sua singola emozione. È pericolosissimo mostrarsi così fottutamente vulnerabili. Soprattutto per una donna come lei, che vive da sola in quella dannata roulotte. Qualsiasi uomo potrebbe approfittare di lei. Falciarla di brutto.

E il solo pensiero mi genera un formicolio di rabbia su tutta la pelle.

"Sono qui per affari ufficiali del branco… cioè, del club." Non sono sicuro che Sunny abbia del tutto capito cosa siamo. Lei vive in un'altra dimensione. Per lei, tutti hanno un animale guida, che lei è in grado di vedere con il suo occhio interiore. Quindi vede anche il mio e sa che è un lupo. Ha visto che quello di sua figlia è una volpe, quindi l'ha chiamata Foxfire. Ma capisce realmente che siamo mutanti? Questo non mi è chiaro.

Se fosse una donna umana di altro genere, probabilmente non sarebbe necessario dirglielo. Ma lei sembra accettare ogni cosa come niente fosse. Non penso abbia mai realmente visto un mutante nella sua vera forma

13

animale. Ad ogni modo, Tank ha giurato al suo alfa che non è successo. Non credo sappia che è una cosa reale, e non un animale spirituale.

È arrivata alla festa del branco di mio figlio, quella dove ho fatto volare i fuochi d'artificio in cielo per dare il benvenuto a sua figlia all'interno del branco, ma dato che Sunny non ne era un membro, l'ho portata a fare un giro in moto quando è arrivato il momento per tutti di tramutarsi e andare a correre.

Ora mi fissa, il volto luminoso, aspettandosi dell'altro.

"Sono questioni private," aggiungo. Certo non mi metterò a discutere con lei di roba seria riguardante il branco.

"Oh. Bene, fantastico. Hai un posto dove stare?"

Mi guardo attorno per vedere se c'è la sua roulotte, ma non la vedo. C'è il suo mini-van Volkswagen dipinto al limitare della gola. Mi pare che lo chiami Daisy. Come mai prima non me ne sono accorto? Ho lavorato su quell'affare per una settimana intera, non volendo farle rischiare di finire in panne mentre se ne andava in giro con quel vecchio ammasso di viti e bulloni.

Ancora non ho un piano per dove passerò la notte, ma sa il cielo che non ci starei mai dentro alla roulotte, se è lì che lei dorme ancora. Non che intenda finire di nuovo vicino a lei e a un letto, comunque. "Mi inventerò qualcosa," le dico.

Il suo sorriso prende un'altra forma.

Il mio lupo odia la cosa, cazzo.

"Sì, certo. Ottimo. Allora, se vuoi una birra o qualcosa del genere mentre sei…"

"Non penso." La interrompo. Devo allontanarmi da questa femmina prima che mi avvolga di nuovo nella sua rete di femminilità. Ricordo ancora come mi sono sentito dilaniato quando se n'è andata l'ultima volta. "Ma grazie."

"Sunny!" Un maschio umano di bell'aspetto, ma chiaramente debole e inferiore, la chiama da un tavolo vicino. "Fai rooftop yoga stasera?"

Oh no, non l'ha fatto.

Sto seriamente pensando che questo tizio mi stia sfidando. Magari neanche capisce il suo comportamento – gli umani sono idioti e ignoranti riguardo alle dinamiche di ordine all'interno del branco, anche se le applicano ogni giorno – ma cazzo, garantisco che mi ha visto parlare con Sunny e la sua natura l'ha spronato a intromettersi.

Stronzo.

Sunny volta il suo viso radioso verso di lui. "Lo sai benissimo! Vieni anche tu?"

"Certo. Non vedo l'ora di aprire le mie anche con te sotto al tramonto."

Sunny sbuffa, cosa che tranquillizza solo in parte il mio lupo. Avrei davvero voglia di andare lì e dare un cazzotto nello stomaco a quel tipo. Insegnargli a stare alla larga dal mio territorio.

Wow.

Fatti indietro, Titus.

Questa donna non è assolutamente territorio tuo. Non l'ho marchiata, né ho in programma di farlo. L'ultima volta che ho marchiato una femmina, le cose sono andate a finire male. Mi è costato la mia posizione nel branco e ha rovinato la vita di mio figlio.

Ma non riesco ad andarmene e lasciare che questo tizio apra le sue fottute anche con Sunny stasera.

"Cos'è il rooftop yoga?" dico ringhiando.

Un'espressione divertita illumina il volto di Sunny. "Faccio lezione di yoga al tramonto sul tetto di una delle cantine della plaza. Perché? Vieni anche tu?" Incrocia le braccia sul petto con uno sguardo che sembra sfidarmi.

E il mio lupo non si tira mai indietro davanti a una sfida.

Mai e poi mai.

Balbetto mentre tento di rispondere. "Già." La sillaba traballa sulle mie labbra. "A che ora?"

"Alle sette." I suoi occhi sono ancora pregni di sano divertimento. "Ma immagino che tu non abbia abiti adatti per poterti allungare e tendere."

Mi sta dicendo che non posso andare?

Mi volto a guardare il faccia di merda. "Mi inventerò qualcosa."

"Bene, ottimo." C'è della falsa allegria adesso nella sua voce, e non mi piace particolarmente. Non mi vuole lì? Vuole davvero un appuntamento con lo yoga e faccia di merda? Fa un paio di passi indietro, allontanandosi da me. "Ci vediamo lì, allora."

"Aspetta… dove esattamente?"

"Sulla veranda sul tetto sopra a La Cantina. Segui la folla con i tappetini: non puoi non vederlo."

Tappetini… cazzo.

Come se mi avesse letto nel pensiero, dice: "Ti porto io un tappetino." Mi fa l'occhiolino prima di andarsene con camminata ancheggiante, con l'ondeggiamento dei suoi fianchi che mi si imprime nel cervello come un richiamo ipnotico al desiderio.

Diamine. Cos'ho appena fatto?

Sono venuto qui per affari del branco, e mi lascio distrarre da una femmina. Qui c'è uno schema misterioso. Le donne significano guai per me. Sono stato cacciato dal branco a causa di una donna. Io e Tank ce ne siamo andati in giro come mendicanti fino a che Emmett Green mi ha accolto nel suo branco a Wolf Ridge, in Arizona, a nord di Phoenix. E ora, dopo cinque minuti con una graziosa umana, sono pronto a ignorare gli ordini per andare a praticare l'attività che meno mi si addice sulla faccia della Terra: yoga sul tetto.

Devo essere fuori di testa, cazzo.

≈

SUNNY

OH DIO DEL CIELO.

Mi ero dimenticata di quanto Titus fosse attraente. Enorme, mascolino, muscoloso. Irremovibile come un muro, sia fisicamente che emotivamente.

Ma è un maschio alfa, quindi appena Chas ha chiesto dello yoga, non ha potuto trattenersi dall'infilare l'uccello nel cerchio. Sì, è una specie di metafora. La mia specialità.

Emotivamente immaturo.

E leggermente adulante.

Beh, avrebbe potuto essere adulante se non mi avesse praticamente liquidata. Quindi ora lo trovo solo irritante. Come se lui non mi volesse ma nessun altro potesse avermi? Non penso proprio.

Non intendo fare questo giochino, ragazzone.

Non intendo fare nessun giochino con te. Se mi vuoi, vieni a prendermi. Ma se non sei ancora pronto, non farmi perdere tempo. Ho una vita da vivere.

Torno ai miei banchetti e inizio a preparare le cose per stasera. Non ho venduto un singolo pezzo oggi. È così che vanno le cose. La giornata mi ha dato l'idea di essere piuttosto piatta fin da quando mi sono svegliata stamattina, ma dovevo comunque uscire e provare. Sto bene: i soldi arrivano sempre quando ne ho bisogno. L'universo mi protegge, di questo sono sicura.

Non cedo al *Povera me! Sono una povera artista che sta*

morendo di fame, perché so che mi posso trasformare in un'altra identità, e non è che questa mi piaccia particolarmente. Mi metto al volante del mio mini-van e avvio il motore. Daisy viaggia ancora che è un piacere, grazie all'uomo permaloso da cui mi sono appena allontanata.

Mi guardo attorno per vedere dove sia parcheggiato e lo vedo in sella alla sua motocicletta. Mi sta fissando. Alzo la mano e lo saluto in maniera un po' esagerata, cosa che non lo smuove di un millimetro. Avvia invece la motocicletta e parte con un rombo.

Testosterone.

Quell'uomo ne ha seriamente troppo.

Di certo non è un tipo sensibile alla new age. È più una via di mezzo tra King Kong e l'uomo delle caverne.

Eppure ho sempre quella sensazione che potrebbe essere lui. C'è qualcosa in me che vibra quando sto con lui. Come se potesse essere la mia anima gemella. La mia altra metà. Il mio divino compagno.

Ma è talmente pieno di sé che non sarebbe capace di riconoscere la sua anima gemella neanche se gli ballasse nuda davanti. È in tutto e per tutto il tipo *Le donne vanno, gli amici restano*.

Ha i paraocchi per quasi tutto, eccetto il suo prezioso club di motociclisti. E sarà anche grosso, forte e impetuoso, ma ciò che non sa è che a volte è la vulnerabilità la scelta più coraggiosa. Sapersi mettere in prima linea. Rischiare il proprio cuore. Le proprie emozioni. La propria anima nei confronti dell'amore.

Ma non sono una da emulare. Sono rimasta ferita fin troppe volte. Non intendo aprire la porta a Titus e farlo entrare, almeno fino a che non sarò sicura che questa volta è pronto. Che funzionerà.

Quindi sì, mi sa che sono una merda almeno quanto lui.

Arrivo alla plaza e parcheggio nel piazzale, poi tiro le tendine del mini-van per cambiarmi e indossare le mie cose da yoga.

Il rooftop yoga è il piatto forte della mia settimana. Soprattutto ora che è estate e non abbiamo più bisogno del riscaldamento. Prendo i tappetini e inizio ad attraversare la plaza, salutando con la mano i miei amici e gli studenti che stanno venendo verso di me.

Taos è una grossa comunità, una fusione di tre diverse culture: discendenti degli originari conquistatori spagnoli che ancora parlano spagnolo e detengono tutte le posizioni di governo, i nativi americani, che sono proprietari di buona parte dei terreni della zona, e gli hippie, che sono arrivati negli anni Sessanta e hanno aperto i loro negozi anticonformisti.

Lo adoro, ma non ho la sensazione che mi stabilirei qui per sempre. Sono con il fiato sospeso nell'attesa di avere dei nipotini. Se Foxfire resterà incinta, mi ritrasferirò in Arizona in un batter d'occhio.

Salgo le scale fino al tetto, dove Tara, la proprietaria della cantina, sta facendo il sound-check dell'attrezzatura.

"Ciao bella, come va?" Mi tende la mano per avere il mio telefono, che collega agli altoparlanti. Pensava che fossi pazza quando le avevo proposto la mia idea di yoga sulla veranda qui sul tetto, l'anno scorso, ma ora che ha visto la folla arrivare e poi fermarsi a mangiare e bere dopo l'atti-vità, si fa indietro per farmi spazio.

"Tutto bene, decisamente bene."

Mi guarda con gli occhi socchiusi. "Ah sì? Non mi sembri avvolta dalla tua consueta leggerezza."

Forzo una risata e strofino le labbra tra loro. "Questa sera viene un tizio."

"Oh." Ammicca con le sopracciglia. "Quale?"

Sì, Taos è piccola. La battuta è che una volta che sei

uscita con tutti i tizi presenti sull'elenco dei possibili scapoli, non hai altra scelta che ricominciare da capo.

Scuoto la testa. "Un tizio dell'Arizona. Ci siamo visti una volta, ma… non gli piacciono tanto le donne."

Corruccia le labbra. "A me sembra tanto un perdente. Magari questo lascialo stare."

Qualcosa si aggroviglia nella mia pancia. Quasi come se mi fossi offesa per suo conto. Titus non è un perdente. È un essere umano bellissimo e imperfetto, proprio come tutti noi. Lo accetto pienamente per come è. Devo solo ascoltare il mio intuito e decidere se sia nel mio migliore interesse impegnarmi con lui.

Tara piega la testa di lato. "Ah, ti piace sul serio, eh? Beh, è qui in giro? Voglio conoscerlo."

"Dovrebbe venire alla lezione di yoga, anche se non sono sicura di come mai ci riuscirà. Ha la costituzione di un camion, più o meno con la stessa flessibilità."

Ride. "Quindi è così che ti piacciono. Non l'avrei mai detto. Avrei scommesso che fossi più tipa da uomini con il fisico asciutto, da yoga appunto. Ma del resto cerchiamo sempre i nostri opposti, no?"

Scuoto la testa. "Non gli sto andando dietro," dico, come se avessi già deciso.

Ma un barlume di speranza al centro del petto si affievolisce quando le parole mi escono di bocca.

"Ah-ah." Mi restituisce il telefono, che ora è collegato e pronto a far sentire al mondo la mia playlist. Prendo le cuffie che mi porge e le indosso, provando il microfono.

La gente della comunità sta entrando. Chas arriva e stende il tappetino proprio davanti a me. Dopo quella stupida scena alla gola, non riesco neanche a guardarlo.

La veranda si riempie di almeno venticinque persone. Ho la più vasta gamma di età e abilità. Non sono tanto egoista da pensare che vengano per me o per i miei insegnamenti: amano l'atmosfera. Il tetto. Il tramonto. La musica e la lezione in sé, rilassata ma comunque genuina. Ci sono giovani e anziani, coppie di madri con i figli adolescenti, guide e istruttori di rafting, altri maestri di yoga e un agglomerato di volti familiari e amichevoli.

Faccio un cenno di saluto alle mie amiche: Adele la cioccolataia, Charlie la nostra direttrice delle poste e Sadie, una maestra di asilo. Dispongono i loro tappetini nei soliti posti.

Porto le mani davanti al cuore a faccio un inchino. "Benvenuti a tutti. Namaste. Prego, sedetevi nella posizione del mezzo loto sul vostro tappetino, se state comodi." Inspiro e offro loro il mio piccolo suggerimento per la meditazione di stasera. Avevo in programma di parlare della tolleranza nei confronti degli altri, ma non mi sembra più così rilevante.

"Lo yoga è una pratica che include il ritmo. C'è un collegamento tra respiro e movimento. Sapete quando muovervi, quando fermarvi, quando lasciar andare, quando riprendere. Così va la vita. Prestare attenzione ai tempi fa la differenza. Non spingete quando una cosa non è pronta. Non esitate quando una cosa è matura. Questa settimana, mentre conducete la vostra vita, fatevi questa domanda: è il momento giusto per questa cosa? Devo aspettare o mi butto? Quand'è ora di lasciare andare le cose vecchie? Quando è il momento di accettare le cose nuove?"

Faccio silenzio, concedendo loro un momento di silenzio per rifletterci sopra.

"Chiudete gli occhi." Aspetto che eseguano. "Iniziamo con tre Om. Espirate. E dopo la prossima ispirazione, cominciamo." Emetto il suono mentre la grossa forma di Titus appare in cima alle scale.

Indossa una maglietta blu che modella i suoi muscoli

ben definiti e un paio di pantaloncini della tuta. Si guarda attorno, fuori posto e a disagio come una suora dentro a un locale per spogliarelliste, quindi gli faccio segno nel mezzo del mio Om e gli indico il materassino che gli ho preparato all'estremità della prima fila.

Distende la fronte, ma si avvicina al punto indicato e – esilarante – cerca di sedersi con le gambe incrociate. Le reni e le anche del poveretto sono troppo rigide per permettere alle sue ginocchia di aprirsi, o alla colonna vertebrale di stare dritta. Proverei un pizzico di comprensione in più se non mi stesse guardando come se fossi una pazza.

Conosco quello sguardo. Me lo sono visto rivolgere per tutta la vita.

E Taos – questo gruppo in particolare – è un posto dove posso essere me stessa. Quindi che vada a fanculo.

Finiamo i tre Om.

"E ora alzatevi in piedi sul fronte del vostro tappetino in un Tadasana, o la posizione della montagna."

Titus aggrotta la fronte e si alza in piedi con difficoltà. Distolgo lo sguardo per paura di ferire troppo il suo orgoglio.

"Iniziamo con il nostro saluto al sole. Inspiro e braccia verso l'alto. Espiro e mi piego in avanti. Dita sul pavimento o mani sugli stinchi e inspiro, sollevo la testa e lo sguardo. Espiro e lascio andare la testa. Portate il peso sulle mani e fate un passo o un salto indietro. Panca quando inspiro. Espiro e vado nel cane a faccia in giù."

Povero Titus. Non era mia intenzione di tentarlo perché venisse qui. Mi porto vicino a lui, dove sta avendo difficoltà a portare le anche verso il cielo. "Così," mormoro, anche se la mia voce è amplificata e tutti sentono. Poso la base della mano sul suo sacro e premo leggermente, incoraggiando le pelvi a piegarsi, in modo che il coccige ruoti all'insù.

Lo sento respirare con sforzo.

"Avanza coi piedi, piegando un ginocchio e poi l'altro, in modo da allungare i polpacci."

Faccio scivolare la mano verso l'inguine, il pollice sulla sua schiena in modo da spiegargli meglio quello che dico.

Giuro che sento un piccolo ringhio salirgli dalla gola. Non è minaccioso, ma il mio corpo reagisce automaticamente. Tiro via la mano e faccio un passo indietro.

Ok, amico. Fai pure da solo.

Titus

QUESTA DONNA MI STA AMMAZZANDO, cazzo.

Cioè, dico sul serio. Potrei morire. Non solo per lo stretching, anche se fa davvero schifo. Ma sono un lupo. Indistruttibile. Adesso farà anche male, ma mi riprenderò nel giro di venti minuti. No, è quel continuo stuzzicarmi il cazzo.

La piccola miss Yogi va a mettere le sue manine profumate attorno ai miei fianchi – troppo vicine al cazzo – e c'è solo una cosa che mi passa per la testa in quel momento.

Sbatterla. Forte.

Ho un bisogno urgente di metterla in ginocchio e mostrarle l'uso migliore che può fare del suo corpicino flessuoso.

E la cosa peggiore è che ogni volta che mi viene vicino, guidandoci con quella sua voce cantilenante, mi viene una mezza erezione, che è difficile da nascondere, cazzo, con questi dannati pantaloncini.

È una vera agonia. Sono stato un vero idiota a decidere di venire qui. Eccetto per il fatto che il faccia di merda che c'era alla gola è lì davanti, che mostra a tutti la sua bravura. Quindi sì. Non intendo andarmene. E sono un dannato lupo. Il mio corpo dovrebbe essere in grado di fare ogni cosa, anche se ho più di cinquant'anni. Magari non avrò mai fatto questi movimenti in vita mia, ma imparerò, cazzo. Perché non intendo farmi superare in bravura dal bellimbusto lì davanti.

"Non è necessario spingere," intona Sunny con quella sua voce musicale. Ovviamente sta parlando con me. "Lo yoga non significa sforzo. Si tratta di accettare. Di riconoscere i propri limiti. Di sapere dove si trova il tuo corpo oggi, non dove lo vorresti portare tu. Onora il tuo corpo. Segui ciò che sai."

Oh, ma fammi il piacere, cazzo. Vorrei farla stare zitta. Infilandole il cazzo in bocca fino alla gola.

Ok, questa è un'immagine cruda e irrispettosa. Il mio lupo si sta agitando. *Giù, bello.* Non te la puoi scopare. Non imboccheremo di nuovo quel sentiero. Le femmine sono una distrazione che chiaramente non posso gestire, considerando che sono quassù che spingo il culo verso il cielo invece di seguire la pista su cui mi hanno ordinato di indagare.

E lei non è neanche una lupa.

Sono tanto patetico da fare paura.

Dirige il gruppo verso un qualche folle equilibrismo sulle braccia: la posa del pavone. Questa la so fare. Ho addominali e forza sulle braccia a volontà. Premo i gomiti contro le costole, appiattisco i palmi sul materassino e stendo le gambe dietro di me, sollevandomi parallelo al pavimento.

La gente attorno a me lo nota e mormora parole di approvazione.

Mangia questa merda, bellimbusto.

"Lo yoga è una pratica personale. Non c'è bisogno di paragonarsi agli altri. Non c'è alcuna competizione."

La vedrei bene con una pallina in bocca. Rosa chiaro, per stare in tinta con i colori che le piace indossare. Sarebbe adorabile anche legata. Nuda, ovviamente. I polsi con un altro colore, fissati alla testiera del mio letto. Le lascerei liberi i piedi, però, così potrebbe farmi vedere quanto riesce ad allargare le gambe. Quanto sa piegarsi e torcersi con le mie mani su di lei.

Oh, porca puttana. La lezione finalmente è finita. O almeno credo. Siamo stesi a pancia in su, con gli occhi chiusi, e non facciamo niente. Posa del cadavere, penso che si chiami.

Oh, ora la pazza sta girando tra noi, strofinando dell'olio sul collo di ogni persona e tirando indietro la testa, per distanziarla dalle spalle.

Il mio lupo inizia a ringhiare. Non gli piace che tocchi ogni cazzone di questo gruppo.

Quando arriva a me, l'odore esotico dell'olio mi calma e allo stesso tempo mi eccita. Mi inebria. O è il suo odore? No, deve essere l'olio. Non è possibile che un'umana possa tentare un mutante.

Solo che so che è una bugia.

Ai miei tempi era vietato anche solo mescolarsi con gli umani. Assolutamente proibito accoppiarsi con loro. Ma pare che le cose stiano cambiando. Il figlio del mio alfa ha preso un'umana come compagna, e diversi membri del suo branco hanno seguito l'esempio.

Ma non riesco ancora a capire come possa funzionare. Un lupo non potrebbe avere l'istinto di marchiare un'umana e renderla la sua compagna. È impossibile che funzioni biologicamente. I loro figli potrebbero addirittura non riuscire a tramutarsi. Perché mai un animale dovrebbe scegliere una compagna fissa così chiaramente inferiore?

Le sue dita piccole ma abili mi massaggiano i muscoli tesi del collo e un sommesso rombo mi sale dal petto prima che possa controllarlo. È quasi come se stessi facendo le fusa, come se fossi un maledetto mutante gatto.

Mi tocca al centro della fronte, e immediatamente cado in uno stato di meditazione. La mia mente tace. Scende nel profondo.

Voglio riflettere su come sia possibile, ma i pensieri non mi sembrano importanti. Il lento ritmo della musica mi attraversa il corpo e il battito del mio cuore vi si adegua. Mi sento formicolante. Vivo. Collegato.

Non è una sensazione familiare, eppure è come tornare a casa. Conosco questo spazio.

Non so quanto duri. Non c'è tempo. Cinque minuti? Un'ora?

Da un'enorme distanza, la voce di Sunny filtra nella mia testa con il delicato suggerimento di rotolare su un lato.

Di mettermi seduto.

Il mio corpo obbedisce senza che la mia mente si impegni in pensiero alcuno. Sbatto le palpebre e apro gli occhi, ritrovandomi seduto sul tappetino, di fronte alla figura esotica di Sunny. Sono ipnotizzato dalla catena di farfalle tatuate sul suo bicipite.

Dice qualche stronzata di chiusura e fa fare al gruppo un altro Om. Per tutto il tempo resto a guardarla. Cerco di capire cosa ci sia di tanto intrigante per me in questa femmina umana.

Tanto intrigante da essere pericolosa. Mi distoglierà dalla mia missione. Non posso permetterlo. Decido di alzare il culo dal materassino e di andarmene da qui, ma la voce musicale di Sunny diventa un altro invito.

"Grazie a tutti per essere stati qui stasera. La Cantina ha cibo e bevande per tutti voi, quindi se volete restare e chiacchierare un po', sarei felicissima di avervi qui. Namaste."

Oh, cazzo. No.

Ovviamente il bellimbusto resterà. È per questo che il rooftop yoga gli piace tanto. Così può guardare Sunny con i pantaloncini aderenti *e* poi fermarsi a bere qualcosa con lei. Per lui è come un cazzo di appuntamento.

Infatti il tipo sta sorridendo beato, mentre si infila sottobraccio il tappetino arrotolato e si porta al suo fianco.

Salto la parte dell'arrotolamento del materassino e lo accartoccio tra le dita mentre mi avvicino a grandi passi.

Sunny rivolge la sua attenzione verso di me, ma con disapprovazione. "Grazie, Titus," dice con tono asciutto, prendendo il materassino dalla mia mano stretta a pugno.

Lancio un'occhiataccia di avvertimento al bellimbusto.

Lui risponde portandosi più vicino a Sunny. "Pronta a bere qualcosa?"

Con mia soddisfazione, lei si scosta. "Arrivo tra un secondo." Rivolge il suo volto radioso verso di me. "Titus, tu ti unisci a noi?"

Il bellimbusto si sgonfia.

Il mio lupo ne è felicissimo. E i miei piani di andarmene si disintegrano. "Sì. Ok." La mia voce sembra rugginosa. Mi schiarisco la gola. "Bella idea."

Sunny si scioglie i capelli dalla coda di cavallo che aveva alta a un lato della testa e li lascia ricadere liberi sulle spalle. "Allora andiamo."

CAPITOLO DUE

Sunny

Non so cosa si sia impossessato di me, inducendomi a invitare Titus a restare per un cocktail. Questa non è la sua gente. E di certo non è il suo ambiente. Ma mi sa che non sono ancora pronta a dirgli addio. Non quando la sua vicinanza accende il mio corpo come un palo di Natale. Cioè, un albero.

Lo prendo per mano e lo accompagno nel ristorante. Non so perché gli ho preso la mano... magari per inviare un messaggio a Chas, le cui attenzioni si stanno facendo un po' troppo fastidiose. Magari è per inviare un messaggio a Titus, a cui sono ancora interessata.

Ad ogni modo, è un gesto troppo intimo. L'aria tra di noi si carica. Lui tossisce, mentre un respiro gli va di traverso. I miei capezzoli si induriscono.

Chas si volta a guardare e vede la scena. La sua espressione si fa mesta.

Titus ringhia come una bestia selvaggia.

È una cosa stranissima, ma mi eccita da morire.

Mi infilo sulla panca circolare dove si sono accomodati Adele, Charlie. Sadie, Chas e qualche altro yogi a caso, e mi stringo per fare spazio a Titus.

Lui si acciglia, come se non fosse sicuro di come starci. O del perché mi abbia addirittura seguito fino a qui.

Questa comunque sembra sempre essere la sua reazione a me. Come se non mi sopportasse, ma allo stesso tempo fosse troppo attratto da me per potermi lasciare. Penso che possa anche essere incazzato per il modo in cui io me ne sono andata. Mi sto sicuramente beccando delle rimostranze o piccole vendette. Insieme a un sacco di giudizi negativi, sotto forma di mega addominali.

Ma ci sono abituata. È tutta la vita che risulto essere troppo per gli uomini. Anzi, per la maggior parte delle persone.

È questo che mi piace di Taos. La pazzia è la norma qui. Io ci sto perfettamente.

"La lezione è stata fantastica oggi, Sunny." Sadie, la minuta maestra d'asilo, mi guarda raggiante.

"Sì, davvero eccezionale," ribadisce Charlie. "Alla fine mi girava un po' la testa, ma è per questa dieta di soli liquidi che sto seguendo." La cameriera porta dell'acqua per tutti quanti, e mette un grosso bicchiere traboccante di schiuma davanti a Charlie. La direttrice delle poste deve essere andata a ordinare al banco appena siamo arrivati.

"Così bevi birra?" Adele inarca le sopracciglia. Charlie manda giù un sorso e si lecca le labbra. Sadie sgrana gli occhi.

"No, è sidro." Charlie posa il bicchiere sul tavolo con un forte tonfo. "Non guardatemi così. È praticamente frutta."

Adele scuote la testa, con il suo aspetto perfetto e posato di sempre. Anche dopo la lezione, i suoi lucidi ricci castani sono impeccabili. Si volta verso Titus. "Ciao, io sono Adele, non penso che ci conosciamo." La mia amica si china in avanti e gli tende la mano.

Lui rizza la schiena come se volesse alzarsi in piedi, ma sbatte contro il tavolo e dell'acqua si riversa fuori dalla caraffa di acqua ghiacciata che la cameriera ci ha lasciato.

Di solito non sono mai gelosa o insicura, ma una tensione spiacevole mi si insinua nel plesso solare. Le mie amiche sono molto più giovani e carine di me. Sadie ha l'età di Foxfire, e io sono qui con i capelli grigi che si mescolano a quelli biondi, che cerco di tingere più chiari di quello che realmente sono.

"Questo è Titus, il padre di mio genero," spiego, mentre tutti iniziano a dire il loro nome e a tendergli la mano.

"Sei venuto qui a trovare Sunny?" chiede Sadie, le sue fossette che la fanno apparire ancora più giovane. È la maestra preferita del paese, e non è difficile capire perché. Dolce, bella e apparentemente innocente, è quasi troppo perfetta. Tutti i genitori cercano di far inserire i loro bambini nella sua classe. Ho sentito che la preside ha creato una rigida 'regola di non-richiesta' dopo che i genitori erano arrivati ad accamparsi fuori dal suo ufficio per cercare di convincerla.

Titus si sposta sulla panca, a disagio. "A dire il vero, non sapevo che fosse quassù. Ci siamo beccati per caso oggi al ponte sulla gola."

Il sorriso di Sadie acquista un watt di luminosità. "Che fortuna," dice sussurrando.

Quasi sbuffo. Dubito che Titus condivida questo sentimento.

La nostra cameriera arriva e ordino un margarita con nachos. Titus prende enchiladas e un burritos, nonostante la cameriera lo avverta che il burritos è enorme.

"Oh, sono certa che ce lo farà stare tutto," commento, ricordando quanto quest'uomo sia capace di mangiare. Mi sa che quando si è così grandi, il metabolismo corre alla follia.

Charlie gli offre un brindisi con il sidro. "Titus, hai mai fatto yoga prima?" Tra tutte le mie amiche, è la più mascolina, con un taglio corto da folletto e una figura formosa nascosta sotto a una maglietta *Namaste, figlio di puttana*. Ha strappato un po' il colletto, quindi quando si piega in avanti, si scorge un accenno del suo impressionante decolté.

Quella sensazione di gelosia mi attanaglia di nuovo.

"Prima e ultima volta," borbotta lui.

Tutti ridono e Titus mi guarda. "Senza offesa, sole mio."

Penso che siamo entrambi stupiti che quella parola affettuosa gli sia uscita di bocca così naturalmente.

Anche se poi non serve comunque sforzarsi così tanto. Mi chiamo Sunny. Sole mie non è un soprannome nuovo per me: molti lo usano. È che detto da lui, ha un sapore diverso.

Sembra a disagio, come se volesse che tutti la smettessero di parlare di lui, quindi cambio discorso. "Charlie, come vanno gli affari alle poste?"

Lei scrolla le spalle. "Sempre il solito. Qualcuno però ha ricevuto dei grilli nella sua casella postale, e hanno cantato per tutto il giorno. Ci hanno fatto uscire di testa."

"Oh, i grilli. Dovrei prenderne qualcuno per mostrarli ai bimbi della mia classe. Gli piacerebbero un sacco." Sadie piega la testa di lato. Ha un aspetto adorabile mentre pensa.

"Non sarebbe felicissimo anche Scott?" la canzona Charlie.

Lo sguardo di Sadie si abbassa sul tavolo.

"Sadie?" chiede subito Adele. "Tutto bene? È successo qualcosa con Scott?"

"Abbiamo deciso di frequentare altre persone," dice Sadie sottovoce.

"Oh no," dice Charlie con frustrazione. "Quell'idiota. Ti ha tradita?"

"Non ha detto questo," protesta Adele, ma il dolore traspare dal volto di Sadie. "No, no." Adele passa in modalità mamma orso. "Lo disintegro."

"Va tutto bene," sussurra Sadie, e Charlie le mette un braccio attorno alle spalle.

"Certo che andrà tutto bene, dopo che gli avrò strappato la testa dalle spalle. Che palle gli uomini." Si volta verso Titus. "Esclusi i presenti ovviamente." Noto che non include Chas nell'occhiata.

"Mai frequentare gente del paese," suggerisce Adele a Titus, che sembra voler scappare via di corsa. "È troppo piccolo. È come essere in una boccia per pesci."

"Bevi questo." Charlie spinge il suo sidro verso Sadie, che non ho mai visto bere niente di più forte della Coca Cola. "Ti darà un po' di vigore."

"Non voglio il vigore," dice Sadie con voce stridula, ma beve comunque.

"Non ti ho mai vista insieme a lui. Era così..." Adele fa una smorfia. "Finto. Il contrario di te, dolcezza."

"Un allegato contrario," intervengo. "Ops, volevo dire allagato. No, *affiatato*." Mi do un colpetto alle labbra per scusarmi per la baraonda di parole. Un mio dono speciale.

"Avete davvero ragione. Il mio ex era proprio strano. Diretto, niente tatto. Totalmente l'opposto rispetto a me," dichiara Charlie. "Ad ogni modo, Sadie, so di cos'hai bisogno. Una bella scopata, in stile una botta e vita."

A Sadie va di traverso il sidro.

Titus si pizzica l'attaccatura del naso. Non si aspettava di trovarsi nel mezzo di discorsi tra donne.

"Mal di testa?" mormoro.

"Sì."

Guardo con il mio occhio interiore l'aura che lo circonda, e vedo una gigantesca nuvola grigia sospesa sopra alla sua testa.

"Posso dare una ripulita alla tua energia?"

"Come scusa?"

Odio questa parte. Ho dei doni, ma non posso trattare l'energia della gente senza il loro permesso. E per avere il permesso, devo spiegare cose che probabilmente non capiscono o a cui non credono.

"Dimmi sì e basta."

I suoi occhi grigi sono pensierosi, ma annuisce. "Ok."

Immagino un vuoto gigantesco sopra alla sua testa e succhio via la nube grigia, lavorandoci fino a che non ne è sparita ogni traccia. Poi infondo nella sua aura un po' di luce rosa-viola. "Ecco. Va meglio?"

Si acciglia e si tocca la tempia. "Ehm, sì. Davvero. È sparito."

"Bene." Ritorno alla conversazione in corso al tavolo e mi unisco di nuovo alle ragazze, ignorando gli occhi di Titus che sento su di me, e bevendo il mio margarita più velocemente di quanto dovrei.

Non posso fare a meno di pensare a cosa succederà dopo. Resterà con me? Mi accompagnerà al mini-van? O mi inviterà a casa sua? O mi dirà addio e scomparirà? Il mio intuito non mi sta aiutando in questa situazione, il che penso sia collegato all'indecisione da parte sua. Come se lui stesso non l'avesse ancora deciso.

E neanche io so decidere cosa voglio.

Non è vero, voglio decisamente un contatto fisico con Titus.

Stanotte.

Ma sono troppo agitata quando mi sta vicino. Troppo eccitata. E qui sono legata a un esito, che è sempre pessimo. Quell'esito non deve essere lui che se ne va sulla sua Harley rombante dopo un bel *bum bum, grazie tante, signora.*

Chiedo permesso per andare al bagno e scavalco Titus per uscire dalla panca.

Grosso errore.

Perdo l'equilibrio un attimo – o è stato lui a tirarmi indietro? – e gli atterro in grembo, e… *ma ciao, ragazzone.*

È decisamente felice di vedermi. Ce l'ha grosso come ricordavo.

"Cielo," impreca Titus, il suo fiato che mi colpisce dietro all'orecchio, il suo ringhio che risveglia ogni parte di me che già non fosse in alta allerta sessuale.

Tiene una mano sul mio fianco e mi tira con maggior forza contro il suo grembo, ruotando allo stesso tempo il bacino per farmi sentire la sua reazione.

Ma poi, con la stessa rapidità, mi fa sollevare. No, mi spinge praticamente via.

Quest'uomo è dannatamente forte. Cioè, chi mai è capace di sollevare un peso morto stando seduto?

Vengo catapultata sul pavimento accanto al tavolino tanto velocemente che inciampo. Sono bagnata in mezzo alle gambe per l'incontro ravvicinato, tanto bagnata che temo si veda attraverso i pantaloncini aderenti. Volo verso il bagno più veloce che posso.

Quando torno indietro, trovo dei contanti sul tavolo, dove prima era seduto Titus.

Anche se sapevo che sarebbe successo, non sono pronta per il vuoto di delusione che mi fa precipitare di tre piani in un secondo.

~

Titus

COSA STO FACENDO?

Cosa cazzo sto facendo?

Mi trovo a camminare attorno al mini-van Volkswagen di Sunny nel parcheggio dall'altra parte della strada rispetto alla plaza. Il mio intento era di scappare qua fuori, saltare in sella alla moto e scappare via.

Era un piano solido.

Ok, vaffanculo. Era un piano da codardi. Sunny era andata al bagno e io avevo un'erezione grossa come la Willis Tower, e non ero più capace di tenere a bada il lupo.

Quindi ho tagliato la corda.

Ma ora non riesco a convincermi ad andarmene veramente. E la cosa mi fa davvero incazzare.

Al diavolo quella ridicola e bellissima umana.

Il pensiero di ferire i sentimenti di Sunny non dovrebbe essere un grosso problema qui, e invece lo è.

Beh, è la madre di mia nuora. È una sorta di parente. Non avrei mai voglia di offendere o infastidire Tank e Foxfire.

O Sunny.

Sì, si tratta in tutto e per tutto di Sunny.

C'è qualcosa di magico e mistico, e sì, *strano* in quella donna.

E la cosa non turba minimamente il mio lupo.

Quindi me ne sto qua fuori come uno stalker, a pensare se sia meglio andarsene o restare. E sì, mi sta risuonando nella testa la canzone dei Clash. Mi piaceva il punk quando andavo alle superiori. Cresta da moicano sulla testa e tutto il resto.

Sento il suo odore, e so che è troppo tardi.

Per qualche motivo, questo mi fa incazzare ancora di più. Ruoto su me stesso e piazzo le braccia incrociate sul petto, appoggiando il sedere al suo mini-van, facendo scricchiolare quel coso con il mio peso.

"Titus." Sembra sorpresa.

E ha l'aspetto ferito.

Cazzo.

Non so neanche cosa dirle. Non so cosa voglio da lei. Da questa situazione.

Quindi me ne sto fermo qui, guardandola torvo. Ringhiando.

Si ferma. "Sei arrabbiato. Perché sei arrabbiato?"

Le mie narici si dilatano cogliendo il suo odore di franchincenso e arancia, e l'uccello mi diventa duro come la pietra. Il mio lupo è teso ora. Così tanto che non riesco a pensare con chiarezza.

"Non sono arrabbiato," ringhio. La mia erezione spinge contro il sottile tessuto dei pantaloncini.

Sunny piega la testa di lato. È un gesto animale, simile al modo in cui si è messa prima di chiedermi il permesso di farmi passare il mal di testa. Come se stesse usando i suoi sensi, oltre le normali capacità umane.

I suoi occhi si sgranano e poi il suo sguardo si posa sul mio cazzo gonfio. "Oh."

Cristo.

Ed è fatta. Il mio lupo ne ha avuto abbastanza.

Prima che possa fermarmi, la mia mano si allunga e le afferra la nuca. La faccio girare fino a che sbatte col sedere contro il van. Ce la appiattisco contro, e la mia bocca si pianta sulla sua.

"Cazzo," rombo contro le sue labbra, giusto prima che la mia lingua le si infili in bocca.

Le sue labbra si schiudono e lei mi succhia la lingua,

risponde al mio bacio. Le sue mani si aggrappano alle mie spalle, ma non mi spinge indietro: mi tira a sé.

"Entra in questo fottuto furgoncino," ringhio, tutto il mio lato umano scomparso. "Quella fica è mia stanotte."

Armeggia con la maniglia, apparentemente vogliosa quanto me. Le do una sculacciata sul sedere.

E un'altra, forte.

"Oh, Titus." C'è riso nella sua voce, e mi genera sollievo, perché sono incapace di trattenere la mia aggressività sessuale in questo momento. Devo entrare in mezzo alle gambe di questa donna come se fosse una sacra impresa.

"Questo è per essere una dannata istigatrice di cazzi." Le cingo la vita con un braccio e tiro il suo culo morbido contro la protuberanza che ho dentro ai pantaloncini. L'altra mano si intrufola in mezzo alle sue gambe. Ha la fica così bagnata che sento l'umidità attraverso i leggings.

Le sue ginocchia cedono e le chiavi del mini-van cadono a terra.

"Titus!" Ha la voce tremante. "Non riesco a concentrarmi se fai così."

Mi piego per prendere le chiavi e aprire da me la portiera. E poi la spingo dentro. C'è un materasso dietro, proprio come ricordavo. Chiudo la portiera e la faccio stendere.

Cado sopra di lei e le abbasso la canotta dalle spalle, scoprendole un seno.

La mia bocca scende subito sul capezzolo turgido, succhiandolo e graffiandolo con i denti. Poi la schiaffeggio su quel punto e la faccio sussultare.

Qualcosa in Sunny mi fa tirare fuori tutto il potere dominante che ho, e non è neanche una lupa.

Per fortuna non sembra darle fastidio.

Il suo odore mi dice che la cosa la eccita.

Il suo odore.

Cazzo, il suo odore.

Afferro l'elastico dei pantaloncini che indossa e li abbasso per poi sfilarglieli. Niente mutandine. Dannazione! Devo assaggiare il nettare che ha prodotto per me. Lo devo sentire sulla lingua, *adesso*.

La lecco, una lappata lunga e lenta. Il gemito che mi esce dalle labbra è quasi ferino. Mi lancio per averne ancora, leccando e facendo scattare la lingua rapidamente. Voglio tanto darle piacere quanto averne io. Muoio dalla voglia di sentirla venire. Di portarla al culmine e soddisfarla.

Le afferro le cosce e le allargo, applicando la lingua con maggiore intensità, godendo del modo in cui si dimena e geme, sospiri e gridolini che riempiono l'abitacolo. Continuo fino a che non mi tira i capelli, l'interno coscia che preme contro i lati della mia testa. Poi la penetro con due dita e trovo il punto G.

Le copro la bocca con una mano quando viene.

"Titus," ansima, quando la lascio andare. "Oh, santi del cielo. Cosa mi stai facendo?"

"Cosa ti sto facendo *io*?" Mi alzo sulle ginocchia e mi abbasso i pantaloni della tuta per liberare il cazzo. "Sai cosa mi hai fatto tu per tutta la serata?"

Piega le labbra in un sorrisino, e capisco che lo sapeva. Mi ha torturato di proposito.

Scuoto la testa. "Malandrina di un'uma... di una donna. Proprio disobbediente."

La faccio ruotare a pancia in giù e le do uno schiaffo sul culo pallido. Il rumore risuona nel mini-van, riecheggiando in tutto l'abitacolo. È un suono soddisfacente. La schiaffeggio ancora, questa volta sull'altra natica. L'impronta della mia mano fiorisce rosea sul primo lato.

Bellissima.

Lei dimena il sedere come se ne volesse ancora.

Quindi la servo. Cinque decise sculacciate. Abbastanza da farla annaspare e dimenare.

Poi la tengo giù con una mano alla base della nuca. "Lo vuoi da dietro, bellezza?"

"Sì." La sua voce è ansimante e dolce, e non c'è esitazione alcuna.

E lì me ne rendo conto. Non ho un preservativo. Non me ne porto dietro uno, perché non sono il tipo che se ne va in giro a raccogliere donne a caso. E poi, i lupi non prendono malattie veneree. Ma lei non lo sa.

"Sunny." La mia voce è strozzata. "Non ho un preservativo. Ma sono pulito, te lo giuro. Ti fidi di me?"

Lei si volta a guardarmi. Vedendola esitare, penso seriamente che potrei implodere. Ma poi annuisce. "Mi fido."

Grazie al cielo, cazzo.

"Brava ragazza," dico. Le parole mi sorprendono. Non è una frase che abbia mai usato prima. La mia precedente compagna non mi ispirava questo livello di dominio o istinto di protezione.

Strano, perché era una lupa, mentre Sunny no.

"Via la maglietta," le ordino. E quando se l'è levata di dosso, aggiungo: "Allarga quelle gambe per me, tesoro. Adesso ti becchi una scopata bella tosta."

Lei emette una risata strozzata e allarga di più le cosce. Non ho mai visto niente di così bello in vita mia. Ha altre farfalle tatuate alla base della schiena, che si allargano verso i fianchi e salgono poi in diagonale fino al tatuaggio sulla spalla. Ricordo i tatuaggi dell'ultima volta, ma questo è nuovo.

"Bellissima. Te ne sei fatti fare di nuovi, tesoro?"

"Mmm, dovrai scoprirlo da te," mormora contro il lenzuolo.

Sfida. Accettata.

Le allargo ancora di più le cosce e mi sistemo in mezzo, poi strofino la cappella contro il suo ingresso. È ancora gocciolante, dolce e setosa. Ci scivolo dentro direttamente.

"Cazzo, che meraviglia, tesoro." Lo tiro indietro e poi sbatto con forza, facendole sfuggire un piccolo grido.

"Oh, non ti aspettavi mica che facessi il delicato con te, vero?" Ripeto l'azione, e adoro il modo in cui il mio inguine le va a sbattere contro il culo come un'altra serie di sculacciate.

Ride. "Mi sembra di ricordare che hai rotto una parete l'ultima volta."

Dannazione. Ha ragione. Mi fa davvero andare fuori di testa.

Le premo una mano contro la spalla per tenerla ferma, poi la scopo con colpi potenti. Voglio entrare più a fondo, più forte.

So che è troppo. Sono sicuro che le sto facendo male – dopotutto è umana – ma mi sembra di non potermi fermare.

Non posso fare altro che calmarla con le parole. "Lo stai prendendo come una brava ragazza, però, vero, sole mio?"

Scopo così forte che l'autobus rimbalza sugli ammortizzatori. Tutto dentro scuote e vibra.

Sunny sta annaspando con respiri forzati che le escono di bocca a ogni colpo.

Va a sbattere con la testa contro la portiera, ma si risistema, alzando le anche e piantando le ginocchia sotto di sé. La tengo stretta attorno alla vita e continuo a spingere con forza.

"Ti piace questa angolazione, tesoro? Da dove posso entrare a fondo?

"Sì," dice annaspando. "Sì, cazzo."

Il suo entusiasmo è troppo per me.

"Ci ho pensato per tutta la lezione di yoga," le confesso. "E durante la cena."

"Anch'io!" È senza fiato, il volto piegato di lato contro il materasso, i capelli sparpagliati in un alone spettinato.

"È per questo che hai fatto tanto la istiga-cazzi?" Le do uno schiaffo sulla natica. "Sedendoti in grembo a me e facendomelo diventare duro?"

"Sei stato *tu* a tirarmi in grembo!" protesta.

Può anche darsi. Probabilmente ha ragione. Non volevo, ma poi me la sono trovata davanti, il suo corpicino morbido subito sopra alle mie gambe. Cosa dovevo fare?

"Avevi bisogno di questa scopata," la accuso, anche se sono io quello che ne sentiva la necessità.

"Sì," conferma. "Decisamente."

E a quel punto ogni discorso coerente diventa impossibile. Sono troppo frastornato dalla lussuria, troppo inebriato dalla sua entusiastica reazione.

Sbatto e sbatto, fino a che la vista non diventa annebbiata da lampi, e ringhio così forte che il mini-van vibra.

E poi vengo.

La riempio con il mio sperma, inzuppo le lenzuola. E solo quando la vista si rifà chiara e riesco a respirare di nuovo, mi rendo conto che sta venendo anche lei. La sua fica mi sta strizzando fino all'ultima goccia, con pulsazioni sempre più intense.

Mi abbasso insieme a lei sul materasso e le metto un braccio attorno alla vita, tenendo il suo culo appiccicato al mio grembo, l'uccello ancora dentro di lei. I nostri petti si alzano e riabbassano insieme, mentre entrambi tentiamo di riprendere fiato.

Il mio lupo vorrebbe tirare fuori ogni genere di pretesa o richiesta. *Sbarazzati di quel grazioso bellimbusto. Meglio che non tocchi altri uomini durante lo yoga. Questa fica è mia.*

Ma per una volta, sono abbastanza intelligente da fermarmi. Non ho nessun diritto su Sunny, né intendo farla mia.

Lei può – e deve – fare quel diavolo che vuole, incluso darmi un bigliettino e andarsene nel momento in cui prenderò sonno.

So già come funziona questa cosa tra noi.

Quindi questa volta sarò io ad andarmene.

Le bacio il collo. "Grazie, Sunny," mormoro. Scivolo fuori da lei e mi alzo in piedi.

Lei ruota sulla schiena. "Così?" C'è un tono di accusa nella sua voce, anche se non so cosa voglia da me. Non è esattamente tipo da accasarsi e avere una relazione fissa. Sono incapace di pensare a una risposta, perché mentre mi alzo ho la piena veduta del suo corpo nudo, e il mio si pietrifica. Posso solo ammirarla. Restare incantato davanti al suo splendore.

Lei sbatte le palpebre su quei meravigliosi occhi azzurri, guardandomi fissa. "Ti rivedrò?"

Mi schiarisco la gola. Cerco di muovere le labbra. "Uh, non ne sono sicuro." Mi massaggio dietro al collo.

Affonda il viso sulle lenzuola. "Giusto."

Non so dove ci prenda gusto a essere arrabbiata. Eppure il senso di colpa mi pugnala dritto al petto. Sono appena entrato di forza nel suo mini-van e l'ho scopata come se non ci fosse un domani.

"Beh, mi piacerebbe rivederti, Titus."

"Sì. Sì, ok. Ma adesso devo andare. Verrò a cercarti io." Esco dal veicolo e richiudo la portiera.

Ho lasciato la moto dalla parte opposta della plaza, quindi ripercorro i miei passi, attraversando il piazzale ora vuoto. Sono quasi arrivato dall'altra parte, quando sento il frastuono di metallo contro metallo, e tutto il mio mondo si capovolge.

CAPITOLO TRE

Titus

QUASI MI TRAMUTO LÌ, in mezzo alla strada.

In qualche modo so che lo schianto vede coinvolta Sunny. Scatto al massimo della velocità verso l'incrocio, mente una Volvo grigia ammaccata si infila a tutta velocità in una strada laterale.

E lì, in mezzo all'incrocio, c'è il mini-van di Sunny, accartocciato sul fianco, come se fosse stata colpito in pieno. È ruotato verso il marciapiede.

"Sunny!" grido, saltando il muretto che mi separa dalla strada e scardinando quasi la portiera del veicolo.

Non c'è airbag, niente di morbido per riparare il suo volto delicato. La fronte di Sunny è appoggiata sul volante e l'odore del sangue mi annebbia la vista. Sono pronto a tramutarmi e difenderla, ma non è rimasto nessuno contro cui combattere. Gli stronzi sono scappati dopo essere andati a sbattere contro la mia adorabile umana.

"Sunny. Cazzo, Sunny." Vorrei fare a pezzi il mini-van

per fare spazio al suo corpo afflosciato. Inspiro a fondo per darmi una calmata.

Cristo, è solo un'umana. Una delicata e fragile umana.

E anche così magra e delicata...

È stata colpa mia. L'ho lasciata malconcia e frastornata. Non era nelle condizioni di mettersi alla guida, anche se l'incidente non è stato chiaramente colpa sua. Però avrebbe comunque potuto essere più consapevole di ciò che le stava attorno, se non fosse appena stata scopata di brutto.

Con mio sollievo, Sunny geme e solleva la testa.

"*Sunny.* Non ti muovere, tesoro. Chiamo l'ambulanza."

"No, no." Tenta di sganciare la cintura e inspira di scatto. Ha un braccio che penzola a una strana angolazione. Ci posa sopra l'altra mano. "Va tutto bene."

Bugiarda totale.

Scivola fuori dal mini-van.

Prima che i suoi piedi possano toccare terra, la prendo tra le mie braccia. "Chiaramente no." Ha un braccio rotto e un grosso bozzo le si è già formato sulla fronte. E il livido che ha tra il collo e la spalla, causato dalla cintura, mi fa venire voglia di ululare.

Le sirene risuonano vicine. Un'auto della polizia accosta con le luci lampeggianti.

"Mettimi giù," mormora.

"Non se ne parla, cazzo. Devo portarti in ospedale."

"Titus, sto *bene.* Mettimi giù."

"Cos'è successo?" chiede uno dei poliziotti, mentre il suo collega chiama un'ambulanza.

"È stata centrata in pieno da una Volvo grigia," dico loro. È scappata lungo quella via laterale."

"Ha preso il numero di targa?"

Scuoto la testa. Ero così concentrato su Sunny che non l'ho memorizzato. "Era una targa del Nuovo

Messico. Penso avesse dentro una J e un 8, ma non ricordo il resto."

"Lei era nel veicolo al momento dell'incidente?"

"No. Ho sentito lo schianto dalla plaza e sono venuto qui di corsa."

L'uomo guarda dubbioso la figura di Sunny rannicchiata tra le mie braccia. "Non bisogna mai spostare la vittima di un incidente. Si aspetta sempre l'arrivo del servizio di emergenza. Potrebbe avere il collo rotto, e muoverla potrebbe causarle la paralisi."

Cristo.

Lo stomaco mi scende sotto ai piedi.

"Non ho il collo rotto," insiste Sunny, ma si tiene stretto il braccio ferito. "Solo una frattura al braccio. E adesso mi mette giù subito. Vero, Titus?"

È solo perché sembra senza fiato e dolorante che eseguo il suo ordine. Cazzo, magari ha delle costole rotte e le sto facendo ancora più male. La poso delicatamente sui suoi piedi e le tengo un solido braccio attorno alla vita per darle sostegno. Lei si appoggia a me, tremando come un fiore delicato.

Arriva l'ambulanza e gli infermieri si mettono al lavoro. Sunny cerca di opporsi all'idea di salire in ambulanza, ma io placo le sue proteste: "Non datele ascolto. Verrà con voi, fine della storia."

A quanto pare sono d'accordo con me, perché la fanno stendere su una barella e la caricano sul retro del mezzo. "Ti seguo con il mini-van, tesoro. Andrà tutto bene."

Lei sbatte le palpebre e mi guarda con quella sua espressione da gatta. Niente paura. Solo una misteriosa valutazione.

Il fatto che non abbia paura dovrebbe rassicurarmi, ma non è così. Questa femmina è così fuori dal mondo che potrebbe anche non rendersi conto di quanto è ferita. È possibile che non se ne accorga, quando ha bisogno di aiuto. E sono sicurissimo che non chiederebbe mai una mano. Mi dà l'idea della tipa che se l'è cavata da sola per tutta la vita.

Donna folle e pericolosa.

Monto a bordo del mini-van, che sta bloccando il traffico, e sono contento di scoprire che funziona ancora. Il metallo piegato della carrozzeria non impedisce il movimento di ruote e motore.

Con il cuore ancora in gola, seguo l'ambulanza fino all'Holy Cross Hospital ed entro nella sala d'aspetto per chiamare mio figlio.

"Ciao, papà," dice la voce rombante di Tank attraverso l'auricolare. Un'altra sferzata di senso di colpa mi trafigge.

Mi passo le dita tra i capelli. "Ehi, ehm, ti chiamavo per dirti una cosa. C'è stato un incidente."

"*Cosa?*" Sento uno scricchiolio, e so che mio figlio ha appena incrinato il telefono. Ha sempre avuto problemi a gestire la sua forza.

"Si tratta della mamma di Foxfire. Il mini-van di Sunny è stato colpito da un'auto. L'hanno portata in ospedale per degli esami."

"Sunny?" Sento la scioccata incredulità nella voce di Tank e poi quella spaventata di Foxfire che entra nella conversazione.

"Cos'è successo a mia mamma?"

"Ha avuto un'incidente d'auto, ma ne è uscita sulle sue gambe. Cioè, era in piedi prima che la caricassero sull'ambulanza. Ma sicuramente ha un braccio rotto."

"Oh, santi del cielo! Sei a Taos con lei?"

"Sì. Non ti preoccupare, Foxfire. Me ne occupo io." Le parole mi escono di bocca prima che possa fermarle, ma so che sono vere. Per quanto questa cosa mi ammazzi, la missione assegnatami da mio alfa è appena passata al secondo posto tra le priorità.

Sunny è ferita e io sono in parte responsabile. E anche se non lo fossi, non potrei comunque lasciarla qui. È fragile come il vetro, e non ha neanche il vantaggio della giovinezza per riprendersi da questo evento. Potrebbe essere costretta a letto per giorni, addirittura settimane.

Ed è completamente sola quassù. Niente branco – famiglia – o come diavolo lo chiamano gli umani. Chi può dire quanto siano affidabili questi amici che ha qui?

"Grazie, Titus. Sono contenta che tu sia lì." La voce di Foxfire suona tremante. Dopo una pausa, aggiunge: "Perché sei lì?"

"Sto eseguendo un lavoro per il branco." Mi massaggio la fronte.

O almeno questo era il mio compito.

Perché gli umani sono così dannatamente fragili?

"Devo venire lassù? Quando te ne devi andare? Quanto è ferita?"

"Ok, rallenta, piccolo arcobaleno," dico, riferendomi al colore – o meglio, colori – dei suoi capelli. "Non ho ancora delle risposte per te. Ti farò sapere appena i dottori la visitano."

Foxfire sospira. "Ok. Ok, grazie. Davvero. Apprezzo il fatto che tu sia lì, Titus. So che ti prenderai cura di mia madre come si deve."

Un senso di disagio mi pervade il petto. Ora ho due femmine che dipendono da me. Non è una bella situazione per la mia natura.

Mormoro un assenso e prometto di richiamare quando saprò di più. Poi inizio a camminare avanti e indietro nella sala d'aspetto del piccolo ospedale.

≈

Sunny

Sono intrappolata in una stanza con un enorme uomo-lupo e nessuna speranza di fuga.

Sul serio, è una situazione pessima.

Titus ha insistito per portarmi nella piccola baita che ha affittato con Airbnb. Il mio furgoncino è parcheggiato davanti, ma non ho avuto il permesso di andare a vedere i danni. Era troppo buio quando siamo arrivati qui ieri sera, e Titus non mi permette di alzarmi dal letto oggi.

Ora è in piedi sulla soglia, e fa del proprio meglio per intimidirmi e costringermi a starmene buona sotto alle coperte.

Purtroppo trovo il suo tentativo di intimidazione pericolosamente attraente.

"Il medico ha detto che sto bene," insisto. Solo qualche graffio e un paio di lividi. Il collo rigido per il colpo di frusta. E il braccio rotto. Che pulsa ancora, pure dentro al gesso.

"Che enorme stronzata. Rimettiti a letto prima che ti ci metta io."

Nonostante i dolori che provo, il battito del mio cuore accelera sentendo la sua minaccia. Non mi dispiace l'idea che Titus mi maltratti un po'. Sarà anche un amante rude, ma ho adorato ogni singolo secondo del sesso che abbiamo fatto insieme.

Ma il bruciore della rapida dipartita seguente è ancora troppo fresco. Il cuore di quest'uomo è ancora contrassegnato come non disponibile.

Peccato che sia così dannatamente attraente. Fresco di doccia, se ne va in giro a petto nudo, senza curarsi degli effetti che la vista dei suoi ampi pettorali può avere su di me. Giuro che i miei ormoni sono più forti ora a cinquant'anni che anni fa, quando iniziavo a mettere su famiglia. Mi sa che questa è la malata ironia della natura.

Non mi sentivo così attratta da un uomo dai tempi di Johnny, il padre di Foxfire, e neanche allora ero così arrapata.

Ma c'è un'energia simile. Il tipo di uomo assimilabile a un animale selvaggio. Johnny era più furtivo, aveva uno spirito selvaggio che cercava di nascondere. Titus mostra il suo allo scoperto senza inibizioni. In sella alla sua Harley, con il giubbotto di pelle addosso.

"Non è necessario che tu lo faccia, Titus." Sento lo stomaco stringersi un poco, perché se devo essere onesta, non voglio che smetta. Non voglio che mi lasci andare. Ma non voglio neanche che se ne stia qui per senso di colpa o perché si sente in dovere di farlo, e so che è così.

Titus si avvicina fino a che le sue costole non mi toccano i seni. Penso si aspettasse di vedermi arretrare, ma vedendo che non lo faccio, abbassa un braccio e me lo passa sotto al sedere, sollevandomi in modo che stringa le gambe attorno alla sua vita.

"Titus." Resto senza fiato. Il battito del mio cuore martella sotto alla superficie, subito sotto alla pelle nuda.

"Ti ho detto di restare a letto," borbotta. "E ci resterai, anche se sarò costretto a legarti alla testiera."

Dei del cielo, ditemi che non l'ha appena detto.

È infinitamente delicato mentre mi posa sul letto, e quando fa un passo indietro per guardarmi, vedo sincera preoccupazione sul suo volto.

Mi crogiolo per un momento nel calore che straborda dal mio petto. "Grazie, Titus." Afferro la sua mano e la stringo. "È davvero dolce da parte tua."

Mi accarezza i capelli scostandoli dalla fronte livida, accigliandosi mentre guarda la ferita. "Hai capito male.

Non sono dolce. Sto solo facendo quello che farebbe chiunque."

Oh.

Giusto.

E così, all'istante, tutto il calore evapora. Evidentemente si vede dal mio volto, perché Titus fa un passo indietro e si passa la mano tra i capelli sale e pepe.

Apre la bocca, poi la richiude. "Hai fame? Posso andare a prendere delle ciambelle, o qualcosa del genere per strada." Indica la via principale, fuori.

"Mangio senza glutine," lo informo, sapendo che ruoterà gli occhi al cielo.

Così fa.

"C'è una soluzione semplice," lo canzono. "Puoi lasciarmi andare. Ho del cibo nella mia roulotte, e starò benissimo lì per i fatti miei."

"No, no. Non te ne vai da nessuna parte. E piantala di fare tante storie." Mi immobilizza con un'occhiata severa che mi genere una contrazione in mezzo alle gambe. "Ho della roba da fare a Taos, ma non posso combinare niente se ho paura che salterai a bordo di quel tuo mini-van per scapparmi nel momento in cui sarò fuori dalla porta."

Lo guardo sbattendo le palpebre.

Si china su di me, piantando i pugni ai lati della mia testa sul materasso. "Quindi ecco come andranno le cose. Adesso mi dici cosa vuoi per colazione, e io andrò a prendertela. Poi ti accoccolerai in questo letto o sul divano là fuori e riposerai, mentre io mi occupo delle mie cose. E quando torno, ti troverò dove ti ho lasciato. Altrimenti ci saranno delle conseguenze. Siamo intesi?"

Una risata mi sfugge dalle labbra. Non so perché mi piaccia così tanto questo lato autoritario di lui, ma è così. "Vedremo."

Ringhia. È un vero ringhio animale. Il ringhio di un lupo.

Mi bagno completamente e i muscoli si allentano, come se il mio corpo si stesse arrendendo a lui.

Le sue narici si dilatano e un'espressione scioccata gli vela il volto, mentre i suoi occhi passano dal grigio a un azzurro chiaro e brillante.

Passo in un lampo da seduta sul letto a sdraiata supina, con Titus seduto a cavallo delle mie anche che mie tiene i polsi bloccati ai lati della testa. "Ti piacciono i guai, eh, signora?"

Spingo contro il suo petto con il braccio ingessato. "Non chiamarmi *signora*."

Si china in avanti e mi mordicchia il collo, la barba che mi fa il solletico sul lato del volto. "Non ti piace, eh?"

"No." Tutto il dolore a testa e braccio viene dimenticato mentre faccio ondeggiare il bacino sotto di lui.

"Cosa ti piace, sole mio?" La sua voce è roca. Si sposta più in basso e mi morde la spalla. Sento il suo uccello in mezzo alle gambe, proprio dove ne ho bisogno, e sollevo i fianchi per strofinarmici contro.

"N-non lo so. *Sole mio* è carino."

"Ok, dimmi un po' cosa serve adesso, sole mio. Hai bisogno di una minaccia di punizione o di una promessa di ricompensa? Cosa ti può convincere a restare qui?"

A queste parole, mi sciolgo in una pozzanghera.

Mi lecco le labbra. "Uhm... tutte e due?"

Annuisce e solleva il busto. Si slaccia la cintura e la sfila lentamente dai passanti.

I brividi mi scorrono sulla pelle. Mi dimentico di respirare.

Mi afferra il braccio sano e avvolge la cintura attorno al polso, stringendo con forza. Di colpo mi trovo sua prigioniera quando attacca l'altra estremità alla testiera del letto. "Te ne starai qui mentre io vado a prendere la colazione. Ora: cosa vuoi?"

Metto il broncio. "Voglio venire con te."

"No. Devi riposare. Rispondi alla mia domanda."

Lo osservo per un momento. Penso a dove ci troviamo lungo la principale e qual è il posto più vicino. "Huevos rancheros. Peperoncini verdi, tortillas al mais. Li puoi prendere nella tavola calda che c'è dall'altra parte della strada."

Annuisce, apparentemente soddisfatto e pronto a eseguire. "Torno tra poco. Non ti muovere."

Tiro il polso legato. Sono sicura che se volessi potrei districarmi, ma ci vorrebbe un po' di lavoro e dovrei usare le dita del braccio rotto, che non sento molto pronte a trafficare.

"Fai la brava ragazza, e penserò a una ricompensa." Il suo sguardo si posa sui miei capezzoli turgidi e mi dimeno.

"Sarà meglio che sia una buona ricompensa," gli rispondo, facendolo ridere.

"Vedremo." Sta emanando ancora quella vibrazione di rabbia, che penso significhi frustrazione sessuale. A dire il vero, credo sia più complicato di così. Mi desidera, ma non vuole desiderarmi.

Conosco questo sentimento, amico.

Lancia un'altra occhiata torva su tutto il mio corpo e si sistema l'uccello nei pantaloni. Poi se ne va a grandi passi e sento la porta d'ingresso sbattere.

∼

Titus

. . .

SCOLLEGO uno dei cavi dell'alternatore di Sunny, giusto in caso faccia sul serio riguardo all'andarsene. Non penso che lo farà, ma quella donna è piuttosto testarda nel suo desiderio di indipendenza.

E non sarebbe la prima volta che scappa via da me.

Mi massaggio la fronte mentre la parte più irascibile del mio io brontola che dovrei lasciarla andare, se è quello che vuole. E comunque non è che ambisca a trovarmi di nuovo ingarbugliato in una storia con lei. Ma non le permetterò di andarsene e arrangiarsi in queste condizioni.

Qualche giorno perché le passino i dolori e per riparale il mini-van. Poi potremo andare ciascuno per la sua strada, prima che le cose si facciano di nuovo intense.

È l'unica cosa decente che posso essere in grado di fare.

Arrivo alla tavola calda e ordino tre porzioni di huevos rancheros (due per me, perché ho un appetito da lupo) e prendo anche una buona scorta di prodotti di pasticceria.

Il mio lupo diventa allegro mentre sono sulla via del ritorno, come se l'idea di prendersi cura di una femmina gli donasse vitalità.

Non è la nostra femmina. E decisamente non è la nostra compagna, gli dico, ma non gliene frega un cazzo. Infatti questa mattina era pronto a marchiarla nel momento in cui ha sentito l'odore della sua eccitazione. Il che non ha senso. Non ho neanche mai marchiato Barbara, la madre di Titus Junior. Semplicemente non ne ho mai sentito l'urgenza. Non era la mia vera compagna.

Pensandoci a posteriori, non so neanche perché l'abbia presa con me. Penso sia stato perché lo voleva lei.

Mi sono trovato risucchiato nel suo mondo.

Forse perché volevo un figlio.

Volevo Titus Junior, anche se è stato uno schifo doverlo crescere senza una madre o un branco. È l'unica cosa che mai abbia avuto senso in vita mia.

Sa il cielo quanto le donne non ne abbiano mai avuto uno.

Apro la porta e annuso l'aria.

È ancora qui.

Sono sorpreso da quanto mi sento sollevato. Questa donna mi entra dentro con troppa rapidità.

Porto il cibo in camera da letto e vengo immediatamente colpito dal suo odore. È ancora eccitata. Ancora di più rispetto a prima che me ne andassi.

Cosa l'ha eccitata? Il fatto di essere legata? L'attesa della ricompensa? Giuro a me stesso che andrò a fondo della faccenda, ma dopo che le avrò dato da mangiare.

"Sei stata bene mentre ero via?"

"No," dice immediatamente. "Decisamente no." Si dimena sul letto.

Cazzo, è eccitante così.

La libero e la aiuto a mettersi seduta, poi le poso la colazione in grembo.

"Grazie," dice con voce adulante. "Che profumino." Dato che si tratta di Sunny, so che dice sul serio quando pronuncia queste parole colme di apprezzamento.

Il mio lupo se la tira.

Prendo delle forchette in cucina e mi siedo sul bordo del letto per mangiare insieme a lei. Non so perché. Potrei semplicemente lasciarle la sua porzione e mangiare la mia al tavolo, ma è come se avessi la necessità di guardarla mentre mangia ciò che le ho portato a casa.

Per un momento, immagino come sarebbe stato avere Sunny come madre del mio cucciolo al posto di Barbara.

In qualche modo so che avrebbe pianto di emozione per il suo cucciolo, e non avrebbe mai voluto liberarlo dal proprio abbraccio. Non come Barbara, che a malapena aveva creato un legame con nostro figlio.

"Stai pensando ai bambini?" chiede Sunny con la sua incredibile abitudine di leggere nel pensiero.

Corruccio il volto in una maschera burbera. "Di che parli, donna?"

"Vuoi anche tu dei nipotini, no? Io davvero non vedo l'ora."

Le rivolgo uno sguardo dubbioso. "Perché? Che fretta c'è?"

La sua lingua sfreccia fuori dalle labbra per leccare una goccia di salsa e mi viene duro l'uccello. "Adoro i neonati. Non vedo l'ora di essere nonna, anche se non permetterò loro di chiamarmi così, ovviamente."

"*Loro?*" dico ridacchiando. "Hai già programmato tutto, vero?"

Scrolla le spalle.

"Perché hai avuto solo una figlia, se ti piacciono così tanto i bambini? Non ce ne stavano altri nella roulotte?"

Come una lampadina collegata a un interruttore dimmerabile, vedo diminuire all'istante la luce sul suo volto.

Dannazione, sono uno stronzo totale.

"Ci ho provato." Le tre parole cadono e sprofondano tra noi come blocchi di cemento in un lago. Scrolla le spalle, lo sguardo lontano, come se avesse bisogno di distanza per parlare. "Cinque aborti. Foxfire è l'unica gravidanza che ho portato a termine."

Un brivido mi scorre sulla pelle.

"Merda." Non posso neanche immaginare. Ricordo l'attesa per la nascita di Tank. Se la gravidanza fosse finita in tragedia, non so come sarei andato avanti. "Mi spiace. Che merda."

"Sì, va bene dai, ho Foxfire." La sua voce è falsamente allegra. È una pessima attrice.

"Erano tutti... con lo stesso tizio? Con il padre di Foxfire?"

I mezzosangue sono specie più deboli, forse è per questo. O forse Foxfire è l'unica che ha resistito *perché* è una mezza mutante.

Una saracinesca cala sul suo volto. "No. Non avevi del lavoro da fare oggi? Affari privati o qualcosa del genere?"

Wow. Ok. Argomento delicato.

E ha ragione. Ho delle cose da fare.

Non dovrei sentirmi offeso nel vedermi escludere dalle confidenze di una donna iper-emotiva con la quale non ho voluto legarmi, comunque.

Però non riesco a interrompere quest'ondata di empatia che mi scorre dentro. Sunny appare come una donna allegra e cinguettante, ma questo non significa che non abbia sofferto, proprio come tutti noi.

"Ho bisogno di andare fuori. Tu te ne starai qui, aspettando di guarire. Giusto?"

"Sì, ok."

"Non andartene da qui. Se ti serve qualcosa, mandami un messaggio. Intesi?"

"Sì, sì. Intesi." Agita una mano per mandarmi via.

Non mi piace il senso di questo gesto. Il mio lupo vuole che lei accetti la protezione da parte mia. Che accolga e riceva ciò che le sto offrendo.

Ma è una cosa stupida.

Non posso offrirle niente.

Raccolgo i cartoni vuoti della colazione e mi alzo. "Hai bisogno di niente, prima che me ne vada?" Sono disturbato dall'urgenza che provo di chinarmi e salutarla con un bacio.

Non è la mia compagna. *Non. È. La. Mia. Compagna.*

"No, grazie, Titus. Sto bene così."

Annuisco e me ne vado, al contempo sollevato e deluso di lasciarla.

≈

Titus

MI DIRIGO VERSO IL PAESE, neanche sicuro di come farò a trovare Buzz. Taos è una piccola cittadina, ma l'istinto mi dice che facendo domande in giro non otterrò nulla. Buzz è il genere di uomo che di certo non vuole che la gente chieda o parli di lui. Chiunque gli sia amico lo sa di certo, quindi non fornirà mai informazioni in merito.

Farò meglio a limitarmi ad annusare in giro. A lasciare che il mio istinto mi guidi. Ho avuto una buona sensazione alla gola, magari potrei partire da lì.

È stato per lei, dice il mio lupo.

Taci.

Sì, sto parlando a me stesso adesso.

Monto in sella alla moto e mi dirigo al ponte, ma continuo a guidare fino a che non arrivo all'area Carson. La mia pelle freme in segno di avvertimento.

Guido fino a una convergenza di cittadine, un'area chiamata Three Points, e lì all'angolo vedo l'auto maledetta che ieri sera è andata a sbattere contro Sunny.

"Ehi!" grido.

Il tizio mi guarda attraverso il parabrezza, e poi dà gas, partendo a tutta birra.

La rabbia mi pervade, violenta e incandescente.

Questo tizio ha fatto del male a Sunny. Lo ridurrò in poltiglia. Sfreccio dietro di lui, la moto che romba sotto di me. Corriamo a cento all'ora. Centodieci. Centoventi.

Se pensa di poter scappare alla mia Harley, è davvero fuori di testa.

Scivola tagliando una curva e io guadagno strada su di lui, ma si sta avvicinando a una specie di insediamento.

Non c'è parola migliore per descriverlo. Siamo nel mezzo del nulla, ma diversi acri di terra sono occupati da baracche, roulotte, camper e altre case temporanee. Ci sono auto parcheggiate ovunque.

La macchina che sto inseguendo si ferma slittando e un gruppo di uomini rognosi vengono fuori da ogni dove. Mi si rizzano i peli alla base della nuca e il mio istinto grida pericolo. Due dozzine o più, tutti a vedere cosa sia questa confusione.

Accosto e parcheggio la moto, smontando e andando da loro prima che siano loro a venire da me.

Sono consapevole di essere in forte minoranza.

L'odore di mutante mi colpisce con forza e mi rendo ora conto dell'entità del pericolo in chi mi trovo. Con la mia forza e la mia resistenza avrei potuto gestire un grosso gruppo di umani. Lo stesso non vale per dei veri mutanti. Loro sapranno come tenermi a bada.

Alzo il naso in aria, cercando di identificare le loro specie. Sono troppo malconci per essere dei lupi.

Mentre avanzano, capisco: coyote.

Dei fottuti coyote.

"Posso aiutarti?" chiede lo stronzo che guidava la macchina che ha colpito Sunny.

Ignorando il pericolo, gli mostro il mio lato alfa. Faccio il giro dell'auto e gli pianto un pugno in faccia. Le ossa scricchiolano sotto alle mie dita e il suo corpo vola indietro, andando ad ammaccare la portiera della sua macchina.

Il resto del branco si raduna attorno a noi, creando uno stretto cerchio, ma nessuno mi tocca.

Per ora.

Le leggi del branco devono essere simili. Le sfide dirette vengono generalmente onorate tra mutanti. La nostra abitudine è sempre stata quella di sistemare le cose fisicamente. E se non hanno ancora riconosciuto il mio odore, dal modo in cui ho trattato questo stronzo avranno capito che non sono umano.

Il tizio deve aver colto che ho una mia lagnanza personale, perché resta fermo ad asciugarsi il sangue che gli cola dal naso. "Che problema hai?"

Indico l'ammaccatura sul muso della sua auto. "Il mio problema è che hai fatto un incidente e sei scappato, cazzo. Hai quasi ammazzato un'umana a cui tengo particolarmente." Gli tiro un altro diretto, ma lui lo schiva e risponde a sua volta con un colpo. Il suo pugno mi colpisce alle costole, ma non crea grossi danni.

Lo sbatto contro l'auto, stringendogli le mani attorno al collo. Ora che lo guardo meglio, il tizio mi sembra teso e scattoso, le pupille sono piccole. Suda. Come se fosse in preda all'effetto di droghe. Fantastico, proprio quello che mi serve. Un cane schivo e sballato.

Dei ringhi si levano tutt'attorno a me quando l'uomo diventa viola e strabuzza gli occhi.

Lo lascio andare e gli assesto un altro paio di cazzotti.

"Basta così." Riconosco l'autorità alfa e faccio un passo indietro. Non sono tanto pazzo da pensare che non potrebbero farmi fuori. Un uomo magrissimo e barbuto mi si para davanti. "Chi sei?" chiede.

"Sono Titus. E chiedo un risarcimento."

Non so se questa cosa mi porterà da qualche parte. Alcuni branchi seguono dei rigidi codici di condotta, altri sono governati in modo più blando.

"Lupo." Il coyote alfa sputa a terra. "Non ti ho mai visto da queste parti."

"Beh, ora sono qui. E chiedo un risarcimento."

L'alfa mi osserva per un momento. Poi si rivolge all'uomo che prima guidava l'auto. "È vero? Sei andato a sbattere contro un'umana?"

Il tizio scrolla le spalle. "Ho colpito un *mini-van Volkswagen.*"

"Con una femmina umana dentro. È ferita e il veicolo ha bisogno di essere riparato. Pagherai, cazzo." Gli pianto un dito in faccia e il branco ringhia attorno a me.

Aspetto due secondi prima di abbassare il dito. Non intendo mostrare sottomissione a un branco di coyote, neanche se potrebbero farmi a brandelli.

"L'umana è viva?" chiede l'alfa dopo un secondo.

"Sì. Si è rotta un braccio. Ha dei lividi."

Mi scruta a lungo. "La donna può portare il mini-van qui. Glielo ripareremo." Punta il pollice in direzione di uno dei fatiscenti edifici. Assomiglia a una vecchia stazione di servizio.

Cazzo. Mi sta dicendo che sono meccanici? Sono combattuto tra il non voler affidare il veicolo di Sunny a questa gente e il desiderio di giustizia.

"Non se ne parla che la mandi qui. Può venire lui a prenderselo. E poi riconsegnarlo in condizioni perfette. E pagare il ticket dell'ospedale."

Mi giro e guardo bene l'alfa in faccia, le dita che si stringono in due pugni. I ringhi si levano di nuovo. Sono pronto a battermi per il ticket dell'ospedale, ma mi viene in mente che non si può tirare sangue da una rapa. Non sembra che questi tizi sguazzino nell'oro.

A quanto pare sto per vedermi servita un'altra grossa fregatura.

Mi viene anche in mente che sono qui per fare un lavoro per il mio branco. E sembra che me ne sia completamente dimenticato.

"Lo venite a prendere e lo riconsegnate voi."

"Va bene." L'alfa agita una mano in aria.

Costringo le mie dita a rilassarsi e cerco di distendere il cipiglio che ho in volto. "Chiedo il permesso di parlarti di un'altra questione."

L'alfa aggrotta la fronte. "Di che si tratta?"

"Sai niente di un laboratorio da queste parti? O di scomparse di mutanti in queste zone?"

Il tizio sbuffa. "Di certo ne sai più tu di me." Ruota sui tacchi e si allontana.

Cosa significa?

"Aspetta," lo chiamo, ma i coyote stringono i ranghi dietro di lui, bloccandomi il passaggio.

Cazzo.

Ringhio istruzioni allo stronzo che ha causato l'incidente e poi è scappato, e monto in sella alla mia moto. Mentre mi allontano, inspiro l'aroma della salvia per eliminare dal naso la puzza di coyote.

SUNNY

MI SONO TIRATA su dal letto, ho fatto una doccia e sono seduta sul divano a leggere sulla mia app Kindle, quando Titus fa ritorno.

"Ho trovato quello che ti è venuto addosso."

Un'auto entra nel vialetto e un tizio malconcio con la maglietta macchiata di sangue smonta dal lato del passeggero.

"Titus… cosa gli hai fatto?"

"Gli ho spaccato il naso," mi risponde, come se fosse l'unica azione logica che si potesse mettere in atto. "E gli ho detto che era meglio che ti riparasse il mini-van. E quindi è venuto qui a prenderlo. Passami le chiavi."

Resto a bocca aperta. Non so che pensare. Se Titus sia un eroe o una persona da cui farei bene a prendere le distanze. Non sono tipa da accettare e perdonare la violenza.

Però apprezzo il fatto che si sia adoperato per farmi riparare il Volkswagen.

Tiro fuori le chiavi ed esito. "E se lo ruba?" Cioè, questo tizio ha un aspetto davvero losco. È decisamente un tossico. Probabilmente è per questo che è scappato dalla scena dell'incidente. Era sballato e sapeva che l'avrebbero messo dentro.

"Lo ammazzerei," dice Titus a voce alta, così che l'uomo fuori dalla porta possa sentire.

Un brivido mi corre lungo la schiena, perché non riesco a capire quanto sul serio stia parlando. Ma mi fido comunque di lui e gli lancio le chiavi.

Lui le prende la volo con la sua mano enorme ed esce.

Uomo capace e sexy. Ho superato da un bel po' l'impulso biologico di trovare qualcuno di valore che mi supporti, ma sembra che i miei ormoni non lo sappiano. Giuro che le mie ovaie hanno appena sfornato tre ovuli freschi freschi.

Quando Titus torna, nota la disposizione di fiori che ho preparato con un vasetto prelevato dal bidone dei rifiuti riciclabili che c'è sul retro e qualche fiore che cresce attorno alla baita.

"Quelli chi li ha portati?" chiede.

"Li ho raccolti fuori."

"Ah." Guarda a lungo il vaso improvvisato, poi sposta lo sguardo su di me.

Mi aspetto che mi rimproveri per essermi alzata dal

letto, e invece piega la testa di lato, come se non riuscisse a capire perché avrei dovuto fare una cosa del genere.

"Ti piacciono i fiori?"

Rido. "Certo. A chi non piacciono? Adoro i fiori."

"Ah," dice di nuovo, come se la considerasse la cosa più strana al mondo. "Mi sa che gli artisti sono fatti così, giusto?"

"Così come?"

"Portano la bellezza nel mondo."

Rido, deviando il complimento. "La bellezza è già presente nel nostro mondo. Io l'ho solo portata qua dentro."

"Già, capisco." Fa ruotare il vaso, come se fosse la cosa più curiosa che abbia mai visto.

Forse è una cosa strana… non lo so. È semplicemente come ho sempre fatto. Una superficie senza un vaso di fiori sopra mi sembra nuda e spoglia. "Ecco il principale svantaggio del vivere in una roulotte. Non posso farmi un giardino mio." Smonto dal divano. Non ho preso gli antidolorifici che mi hanno prescritto: non avrei neanche voluto accettare la ricetta, ma Titus ha insistito. Mi pulsa la testa e mi fermo un momento prima di camminare.

"Perché ti sei alzata da quel divano, signorinella?"

Nascondo la mia smorfia per il giramento di testa e allungo una mano per aggrapparmi alla porta. "Non chiamarmi signorinella."

"Giusto. Già." Titus mi guarda accigliato, fissando torvo il bernoccolo che ho sulla testa. "Avrei dovuto spezzare il braccio a quel tizio prima di andarmene," mormora.

"Titus, no. Non voglio che per colpa mia si generi della violenza. Apprezzo il tuo aiuto, ma ti prego. Basta così."

La stanza si inclina e di colpo mi trovo tra le sue braccia. "Pensavo di averti detto di restare a riposare." Il profondo rombo della sua voce mi entra nel petto e mi scalda dentro.

"Non mi piace restare in un posto troppo a lungo."

Mi porta in camera. La sua barba mi solletica la guancia.

"E poi ho fame. Andiamo a prendere qualcosa da mangiare per il pranzo, Titus. Pago io."

"Devi stare ferma." Mi posa delicatamente sul letto. "Il pranzo vado a prenderlo io."

"Titus…"

"Zitta o ti lego di nuovo al letto."

"Suonerebbe più eccitante se non fossi così irascibile. L'ultima volta è stata un'enorme delusione. Devo fartelo sapere. Pensavo che stesse per succedere qualcosa di divertente."

Titus alza la testa di scatto, gli occhi grigi che si piantano nei miei.

Ops. Probabilmente non avrei dovuto svelare la mia eccitazione di stamattina. Ma sul serio. Questo tizio mi ha legata al letto con la sua cintura. Non so quanto sia strambo, ma di certo ero sicura che sarebbe successo qualcosa di diverso, non che mi liberasse dopo essere tornato con la colazione.

Ringhia, tornando verso il letto. "Ora sei solo a caccia di guai."

L'eccitazione mi pervade di colpo sentendo la sua voce burbera e scontrosa. Le mie parti intime si mettono sull'attenti. È sbagliato avere voglia di fare sesso con lui, anche se so che non vuòle legarsi a me?

Forse.

Qui potrei ritrovarmi con il cuore spezzato. Ma solo se metto in ballo il mio cuore. E non è necessario che lo faccia. Posso semplicemente guardare questa cosa come un modo per godermi un po' di piacere. Una cosa di cui non ho ancora avuto abbastanza, francamente parlando.

Soprattutto da parte di un uomo che lo dà in un modo che mi piace: selvaggio e rude.

Titus mi afferra per i fianchi e mi tira più in giù, sul letto. Mi fa ruotare sul fianco e mi dà una sculacciata sul sedere. "Un'enorme delusione, eh?"

Gli sorrido, il cuore che accelera. "Enorme davvero."

Mi guarda trovo, ma noto che ha il sesso duro e dritto che preme contro i jeans logori. "Sei uscita da poche ore dall'ospedale, con un braccio ingessato e un bernoccolo grande come un mio pugno sulla testa. Pensavi davvero di essere pronta per fare sesso con me? Ti spaccherei in due, ragazzina."

Sbuffo, perché è vero. Sono ancora indolenzita per la sbattuta che mi ha dato prima dell'incidente. In molti punti. Ma non mi tiro indietro. "Non ho ferite sotto alla vita." Mi porto una mano in mezzo alle gambe e faccio scorrere il dito medio sulla cucitura dei leggings, fermandomi sul clitoride e iniziando a massaggiarlo.

Lui si irrigidisce, gli occhi fissi sui miei movimenti. "Bambolina, stai chiedendo più guai di quanti potresti mai sopportarne."

"Lo dici tu."

Si tuffa.

Mi strappa di dosso i leggings e mi spinge di lato le ginocchia. "Non sai quando devi lasciar perdere, vero?" Mi assesta quattro sculacciate, forti.

Grido e mi dimeno, tentando di divincolarmi, ma è troppo forte e mi tiene bloccata. Il mio corpo si riempie di endorfine: il dolore delle sculacciate si trasforma immediatamente in piacere. L'eccitazione cresce nelle mie parti basse.

Il suo respiro è affannoso, i movimenti convulsi. Mi sculaccia altre due volte, poi mi allarga le ginocchia.

Gemo, come a invitarlo.

Infila le mani sotto alle mie natiche e me le stringe, palpandole e massaggiandole mentre abbassa la testa tra le mie cosce.

Per un torturante momento, inspira soltanto, come se godesse del solo odore della mia essenza. Poi mi lecca.

Bofonchio disconnesse frasi di apprezzamento, da qualche parte tra un sussulto e un grido. Il mio sesso si contrae e fiamme di desiderio bruciano sempre più ardentemente.

La barba di Titus mi solletica l'interno coscia e le grandi labbra. La sua lingua è magnifica. Grande e forte, eccitante come tutto il resto di lui. E sa come usarla. Mi stuzzica e mi tortura, ruotando attorno alle mie labbra interne, titillando il clitoride. La irrigidisce e la usa per penetrarmi, il tutto mentre usa il naso per strusciare contro il mio clitoride.

Mi dimeno sotto di lui, ondate di piacere che mi strizzano con forza sempre maggiore le viscere. Il bisogno mi mozza il fiato.

"Ti voglio dentro di me," gli dico. È passato il tempo in cui facevo finta di non sapere ciò che volevo a letto. E poi non me la sento di ricambiare con il sesso orale oggi, e voglio che anche lui sia soddisfatto.

Ringhia. Ha gli occhi azzurri. Si alza sulle ginocchia, si leva la maglietta e si slaccia di nuovo la cintura. Dannazione, è davvero sexy.

Mi metto a sedere per aiutarlo, ma lui mi appiattisce sul letto con un bacio bollente. "Mi devi dire se ti fa male," sussurra contro le mie labbra. "Non sono bravo a fare il delicato."

Alzo le anche per andare incontro al suo uccello, facendolo scorrere attraverso lo stretto tunnel delle cosce e del mio sesso bagnato. La sua erezione si fa ancora più grande e lunga. "Userò il semaforo." Gli mordo il labbro inferiore. Quando lo vedo tirarsi su e accigliarsi, rido. "Verde significa vai. Giallo vuol dire cautela. Rosso è fermati. È una cosa del bondage sadomaso."

"Non so di che cazzo stai parlando," mormora, ma non serve che mi preoccupi, perché sta già strusciando la cappella sui miei succhi.

"Verde, verde, verde," ripeto, muovendo le anche su e giù per strofinarmi contro di lui.

Impreca e mi infilza con un unico colpo diretto.

Grido quando vado a sbattere con la testa contro la testiera del letto.

"Cazzo." Lo tira fuori.

"No, no, no, no. Non ti fermare. Titus, ti prego. Ne ho bisogno. Mi aiuterà a guarire."

Direi qualsiasi cosa in questo momento, per farlo tornare dentro di me, ma forse quello che ho appena dichiarato potrebbe essere vero. Credo negli orgasmi come metodo di miglioramento di ogni genere di cosa, inclusa la pace nel mondo, la guarigione sessuale e la salvezza del pianeta.

"Sei sicura? Non penso che sia una buona idea."

Allungo le mani verso il suo sesso e lo tiro di nuovo in mezzo alle mie gambe.

"Cazzo." Mi trascina di nuovo in posizione sdraiata e spinge ancora dentro di me, questa volta piantando un pugno sopra alla mia spalla, in modo da evitare di farmi scivolare indietro. Scuote la testa mentre dondola dentro di me. "Sei la femmina più strana che abbia mai incontrato."

Ci sono abituata.

Credetemi, ci sono abituata.

Ma non è esattamente ciò che mi piace sentirmi dire durante il coito. Dite pure che sono all'antica.

Deve leggermelo in faccia, perché passa a colpi brevi e orientati verso l'alto, abbassando la testa verso i miei seni. "Scusa, sole mio. Non volevo dire questo." Mi morde i capezzoli attraverso la maglietta, poi tira su la stoffa e ci fa roteare sopra la lingua.

Lo perdono perché – sì – è fantastico. Ruoto il bacino per prenderlo più a fondo, gli stringo i muscoli attorno all'uccello.

"Cielo, donna, questo trucchetto l'hai imparato sempre a yoga?"

"Ah-ah. So anche mettermi la gamba sopra alla testa. Vuoi vedere?"

"Sì, cazzo. Ma la prossima volta." Mi sfiora la guancia con le nocche. "Non voglio che ti fai male al braccio."

Gli afferro una spalla con la mano sana per sentire l'acciaio dei suoi muscoli mentre accelera.

"Che colore?" chiede roco. I suoi occhi sono di un azzurro meraviglioso e lucente. Vedo chiaramente il suo animale guida ora, che brilla sotto alla superficie.

Un meraviglioso lupo argentato.

"Verde. Sempre verde. Non ti fermare, Titus."

Emette un ringhio. Quasi non vedo più il suo volto umano, ma solo il lupo che luccica nel mio terzo occhio. Questa è una specie di danza dell'accoppiamento con il lupo. Lui è un predatore. Io sono la sua preda. Il sesso è l'inseguimento e lui è vicinissimo a catturarmi…

"Sunny…" Sbatte dentro di me con forza brutale, il volto contorto nel desiderio.

Mi rendo conto che mi sta aspettando. "Sono pronta a venire," annaspo. "Fammi venire, Titus."

Ruggisce e spinge ancora più forte.

I miei occhi ruotano all'indietro. Sento l'intonaco del

muro che si sgretola sotto alla forza del letto che vi sbatte contro.

Titus viene.

Lo seguo, il mio corpo perfettamente sincronizzato al suo. I miei muscoli interni si stringono e succhiano il suo uccello.

Il lupo digrigna le zanne.

Grido quando la sua testa scende sul mio collo, gli occhi luccicanti, i denti innaturalmente aguzzi.

"Titus!" Lo spingo via con entrambe le mani e il dolore mi attraversa il braccio rotto. "Rosso," grido. "Ahi, cazzo!"

Titus arretra, scendendo addirittura dal letto. La sua lingua si tocca i denti e gli occhi si dilatano. "Merda."

Sto tremando tutta. "Co-cos'è stato?"

"Niente," dice rapidamente, girandosi e dandomi la schiena mentre si riveste. "Scusami, sono stato troppo rude."

Troppo rude.

Non si tratta di questo.

È un po' come se i veli tra le dimensioni si fossero offuscati per un momento. Qualcosa del suo spirito ha tentato di venire da questa parte.

E mordermi.

Ma non ha senso.

Non sono cose che succedono.

Ho solo avuto una visione molto realistica, tutto qui.

"Ho… ho visto il tuo animale guida," cerco di spiegare "Era così reale che mi ha spaventato."

Titus si passa le dita tra i capelli. "Ah sì? Quale animale?"

"Un lupo. Te l'avevo già detto. Un lupo argentato con…" Gli guardo con attenzione gli occhi, ma non sono azzurri come nella visione. Sono del loro solito grigio.

"Con che cosa?" Sembra sospettoso.

"Niente. Lascia stare. Sono solo… strana, tanto per cambiare."

Come se avesse bisogno di altre prove delle mie stramberie.

~

Titus

CIELO. Non posso credere di aver tentato di marchiare Sunny.

Un'umana.

Non sono cose che succedono. Non dovrebbe succedere. C'è seriamente qualcosa che non va nel mio lupo, se sta scegliendo un'umana come compagna da marchiare. Dopo tutti questi anni, dopo che ha scelto di non marchiare mai Barbara, la compagna che *io* avevo scelto.

È una follia.

La cosa peggiore è che Sunny in qualche modo sapeva. Non so cos'abbia percepito, ma ha gridato quando stavo per piantare i miei denti carichi di siero nella sua carne, marchiandola per sempre con il mio odore.

Un morso che potrebbe essere fatale per un'umana.

Cazzo.

E adesso ha paura.

E forse si è pure fatta male.

"Non sei strana," mento. La mia mente razionale mi avvisa di non avvicinarmi a una distanza minore di tre metri da lei, ma l'odore di confusione e dolore riempie la stanza, e mi è impossibile prestare attenzione al mio sistema d'allarme.

Si tocca il bozzo che ha sulla testa. "Sai, penso di avere

solo fame." Le sue parole escono tremanti, ma non smaschero la sua bugia.

Non sono pronto a svelarle tutta la storia dei mutanti in questo momento. Soprattutto non il fatto che l'ho quasi marchiata.

Il mio lupo ha davvero qualche serio problema.

"Ti vado a prendere da mangiare."

"No." Fa roteare le gambe giù dal letto e si tira su i vestiti. "Non sopporto di restare rinchiusa tanto tempo. Vengo con te."

Certamente. Sapevo che era del tutto ingestibile. Non riesco a tenerla sotto controllo neanche mezza giornata.

Mi stringo l'attaccatura del naso. "Va bene. Una breve uscita. Di cosa hai voglia?" Spero seriamente che non sia qualche tipo di cagata vegana.

"L'ideale sarebbe un bell'hamburger sugoso."

Stai buono, cuore mio. Forse non è così strana, dopotutto.

"Pure per me, sole mio. Andiamo."

CAPITOLO QUATTRO

Sunny

TAOS È una di quelle cittadine dove, ovunque tu vada, trovi sempre qualcuno che conosci. La tavola calda non fa eccezione.

Conosco Rebecca, la nostra cameriera, dalle lezioni di yoga e movimento autentico. Sgrana gli occhi quando mi vede entrare con Titus. Beh, quasi tutti si voltano a guardarlo quando entriamo. Diciamo che attira parecchio l'attenzione. La stazza enorme, la giacca in pelle. La barba argentata, l'aspetto da bello e dannato. È davvero bello, e loro devono sapere che è nuovo di qui, perché altrimenti si ricorderebbero di averlo già visto.

La cameriera viene al nostro tavolo. Solo allora stacca gli occhi di dosso da Titus e vede il bozzo sulla mia testa. "Cosa ti è successo?"

"Mi sono venuti addosso in macchina e sono scappati." Faccio una smorfia e mostro il braccio ingessato.

Sussulta. "Oh no! È orribile!" I suoi occhi scattano di nuovo su Titus, interrogativi.

"Lui è Titus, il padre di mio genero. Grazie al cielo era qui quando è successo. Si sta prendendo cura di me."

Rebecca lo guarda raggiante. "Fantastico. Anch'io sono contenta che sia con te."

Ordiniamo degli hamburger. Titus ordina il mio con del pane senza glutine – sono davvero commossa che se ne ricordi – e patatine di contorno. Quando l'ordinazione arriva, Titus spreme una grossa quantità di ketchup prima sul mio piatto, poi sul suo.

Sono gesti piccoli e semplici, ma dolci. Non sono abituata ad avere qualcuno che tenti di prendersi cura di me. In parte non mi piace: *non voglio* dipendere da qualcuno. Sono rimasta ferita dal mio primo matrimonio – davvero ferita – e non voglio ritrovarmi in quella posizione.

Ma non posso negare l'attrazione.

"Non avrei mai detto che fossi tipa da hamburger e patatine," dice Titus, infilandosi una manciata di patatine in bocca.

"No?" Rido. Mi sa che quando ci siamo frequentati l'altra volta, non abbiamo passato tanto tempo ad andare fuori a mangiare. Mi sembra di ricordare che ci siamo limitati a ordinare un sacco di pizze e cibo cinese. "Sì, mi piace la carne."

Titus ringhia in risposta al mio sorrisino.

Fisso il suo piatto, stupefatta che abbia già spazzolato il primo hamburger. Prendo un morso da una patatina. "Allora, pensavo lavorassi nella sicurezza, a Wolf Ridge."

"Esatto. Faccio i turni di notte al birrificio."

"Quindi che compito porta una guardia giurata a Taos?"

Mi scruta, poi scuote la testa. "Non posso parlarne."

Insisto, perché non ha molto senso. "Affari collegati al birrificio?"

"Sto indagando su un'attività criminale."

"Di che tipo?"

"Cos'è che non ti è chiaro della frase *non posso parlarne*?"

Alzo le mani. "Ok, ok. Che permaloso che sei. Affari segreti del birrificio, quindi."

Ruota gli occhi al cielo.

Mi asciugo le labbra con il tovagliolo. "Pensi che potresti accompagnarmi alla mia roulotte?"

Inarca un sopracciglio. "Come scusa?"

"Perché non ho il mini-van. Potresti darmi un passaggio a casa mia?"

Mi fissa pensieroso per qualche secondo. "Ho affittato quella dannata baita in modo che tu potessi starci e riposartici. Mi stai seriamente dicendo che la tua voglia di viaggiare ti ha già accalappiata? Non riesci a stare ferma per più di mezza giornata?"

Mi sento fortemente giudicata dalle sue parole, e odio ammettere che mi fanno davvero male. Guardo il piatto pieno, e improvvisamente non ho più fame.

"Seriamente, che fretta c'è?"

Rialzo di scatto la testa. "Non vengo pagata per starmene sdraiata sul tuo divano, Titus. Se non produco pezzi artistici e non li vendo, non mangio. È questa la realtà della mia situazione."

Scuote la testa. "E chi ha scelto questa situazione?"

Getto sul piatto il tovagliolo e spingo indietro la sedia. "Non sono stata io a chiedere il tuo aiuto, Titus. Non ne ho bisogno. E non ti ho neanche chiesto un giudizio su di me o sul mio stile di vita. Non preoccuparti del passaggio, posso arrangiarmi ad andare a casa." Infilo le mani nella borsa alla ricerca di qualche banconota, e lascio sul tavolo abbastanza soldi per coprire entrambi i pasti. Non sono capace di permettere a Titus di fare qualcosa per me.

"Ehi, aspetta." Si alza in piedi anche lui. "Ti accompagno. Datti solo una calmata."

Alzo una mano. "No, davvero Titus. Sono a posto. Grazie di tutto." Mi chino a baciargli la guancia, per dimostrargli che non sono arrabbiata, anche se lo sono. Solo che non vorrei esserlo. Non vorrei fregarmene di quello che pensa di me questo mostro gigantesco e mascolino di uomo.

Non voglio entrare nel suo rigido schema di come dovrebbero andare le cose. O di come non dovrebbero andare.

Sì, sono un caso unico. Sono sempre stata diversa. Anche da bambina, gli altri miei coetanei pensavano che fossi strana. Immagino che sia per questo che mi sono sposata così giovane. Ero solo ansiosa di mettermi con qualcuno che pensavo mi volesse e accettasse.

Ma il mio primo matrimonio non avrebbe potuto essere più doloroso.

Esco alla luce del sole, priva di filtri, della vita in altitudine. Taos non è il genere di posto dove puoi prenotare un passaggio con un Uber, ma se faccio il giro della plaza, alla fine mi imbatterò in qualcuno che conosco e cui poter chiedere un passaggio al mio caravan.

Ovviamente, in questo modo sarò poi incastrata lì, senza alcun modo per tornare in città se avessi bisogno di qualcosa. Forse non ho pensato alla cosa in maniera molto attenta, quando ho fatto la mia richiesta.

Forse Titus aveva ragione.

Forse sto scappando di nuovo. Da lui.

Dalla vulnerabilità che evoca in me. Basti guardare quanto gli è stato facile ferirmi, e non gli stavo neanche offrendo il mio cuore!

No, ho preso la decisione giusta. La distanza è decisamente la migliore opzione.

In disperato bisogno di qualcosa che mi tiri su l'umore, entro nel negozio di cioccolata di Adele. Il ricco aroma di cacao mi pervade le narici, mentre l'alta proprietaria della bottega si alza dietro al bancone.

"Ehi, Sunny," esclama, la larga bocca che si piega in un sorriso, fino a che non vede il mio volto tumefatto. "Oh mio Dio, che ti è successo?"

"Un incidente d'auto. Mi sono venuti addosso e sono scappati. Avrei davvero bisogno di qualcosa che mi tiri su." È vero, anche se non è per l'incidente.

"Oh, ho la cosa perfetta per te, amica mia. Prova questo." Spinge verso di me un piatto con tre tartufi al cioccolato. "La mia ultima creazione. Tartufo all'albicocca con sale marino."

Me ne infilo in bocca uno e gemo. "Sì. Era proprio quello che mi serviva." Chiudo gli occhi e assaporo l'esplosione di sapore che sento in bocca. "Squisito. Hai davvero un dono, Adele."

"Perché sembra che il tuo amico si sia piazzato qua fuori di guardia?"

"Mio Dio…" Faccio per girarmi, ma mi fermo. "Oh. Titus è qua fuori?"

Adele si infila una ciocca ribelle dei suoi capelli neri dietro all'orecchio e mi scruta. "Non siete insieme? Avevo pensato che ci fosse della chimica tra voi."

"Oh, la chimica c'è, eccome. Diciamo che è questo il problema."

"Come può essere un problema?"

Mi appoggio con un gomito al bancone e poso il mento sulla mano. "Faccio più fatica a mantenere la distanza. Soprattutto perché il sesso è buono."

"Ah. Quindi il sesso va alla grande, ma la personalità non è tutta questa gran cosa?"

Mi infilo in bocca un altro tartufo. "Mi piace anche la sua personalità. Solo che… Beh, sono troppo per lui. È la storia della mia viva… cioè, vita."

L'espressione di Adele si carica di comprensione e pietà, ma la nasconde subito. "Non denigrarti mai davanti a un uomo," dice con fermezza. "Continua a vivere la tua vita fiera e vivace, sii quella che sei. L'uomo che saprà lasciarti essere ciò che sei arriverà prima o poi."

Sento pizzicare gli occhi, ma sbatto le palpebre e scaccio le lacrime. "Già," concordo, perché è l'unica sillaba che riesco a pronunciare senza che mi tremi la voce.

"Per quanto riguarda questo tizio… se hai bisogno di aiuto per dargli una scossa…"

"Oh no," dico agitando una mano. "Si tirerebbe indietro se io gli dicessi chiaramente che è ciò che voglio." Ma non è ciò che voglio. È questo il problema. "Sono sicura che molto presto se ne andrà da solo." Le parole hanno un sapore amaro. Prendo un altro tartufo.

"Quando la cosa finirà, avrai sempre le tue amiche," mormora Adele. "Saremo tutte capaci di ordinare una bottiglia di vino e consolarti."

"Grazie, cara. Il tempo cura tutte le bugie… cioè, le ferite." Mi infilo in bocca il terzo tartufo, prima di finire con il fare altri errori mescolando i modi di dire. "Ehm, cosa ti devo?"

"Oh, questi sono offerti dalla casa!"

Sorrido, in qualche modo sollevata, perché tre tartufi costano un sacco… come è giusto che sia: sono la cosa più buona che abbia mai messo in bocca. "Grazie mille, tesoro. Beh, farò meglio a uscire là fuori e vedere se riesco a seminare la mia guardia del corpo."

"Eh. Usalo per il sesso. Te lo meriti."

Rido. "Già fatto!" canticchio, mentre me ne vado.

Titus è appoggiato alla cornice della porta, le braccia incrociate sul suo enorme petto, un cipiglio di prima categoria in volto.

Lo ignoro e passo oltre.

Lo sento emettere un sommesso ringhio, ma non mi tocca. Si limita a seguirmi.

Attraverso la plaza, fermandomi a salutare e chiacchierare con amici, sapendo che sto facendo andare Titus fuori di testa.

È una sua scelta quella di farmi da baby-sitter. Alla fine mi siedo su una panchina, perché sono arrivata alla fine del mio giro e non ho ancora formulato un piano per andare alla mia roulotte.

Titus incombe su di me, schermando la luce del sole. Si infila le mani in tasca, una posa decisamente non dominante. A quanto pare si sta sforzando di mostrarsi accomodante.

Sollevo lo sguardo.

"Adesso ti porto alla tua roulotte," mormora.

Corruccio le labbra. Sulla punta della lingua ho pronto il rifiuto, ma non farei altro che vendicarmi pur di farmi del male. Cioè, farmi del male pur di vendicarmi.

Mi alzo invece in piedi. Lui esita, come se fosse sul punto di dire qualcosa, ma poi piega la testa di lato, in direzione del parcheggio dove ha lasciato la sua Harley, e aspetta che inizi a camminare, per procedere al mio fianco.

È abbastanza furbo da non toccarmi né dire niente. E infatti, nessuno di noi dice una parola mentre ci dirigiamo verso la moto.

"Sono parcheggiata sulla Cebolla Mesa," gli dico.

Scuote la testa, a indicare che non conosce la zona. Gli do le indicazioni e prendo il casco che mi porge, per poi montare in sella.

Stringo le braccia sui suoi sodi addominali – faccio meglio che posso, con il gesso – e cerco di non pensare alla facilità con cui il mio corpo prova piacere solo a toccarlo. Cerco di ignorare l'emozione della velocità sulla moto e per il modo esperto con cui la manovra.

No, questo piacere edonistico che Titus scatena in me non è affidabile. Ho fatto bene ad andarmene l'ultima volta.

E adesso devo fare la stessa cosa.

Titus

DOVREI ESSERE felice che Sunny si sia stufata di me. Gliene ho dette quattro per le cagate che fa, proprio come l'ultima volta.

Ma ho una sensazione spiacevole e scomoda nel petto. Come se avessi fatto un casino e avessi bisogno di sistemare le cose.

Quindi il mio compromesso è di assicurarmi che Sunny arrivi sana e salva alla sua roulotte, invece di girovagare per la plaza come una vagabonda.

La via che porta al suo caravan è bellissima e il posto che ha scelto per parcheggiare è davvero squisito. È accoccolata proprio sul ciglio della gola del Rio Grande, ma comunque in mezzo ai pini.

Ha un paio di pannelli solari sul tetto, una doccia solare costruita accanto a un albero e un vaso di fiori con delle aquilegie appassite accanto alla porta.

"Oh, avete sete, vero, fiorellini? Aspettate che vi do da bere." Sta parlando ai suoi fiori. Apre la roulotte e torna fuori con una caraffa d'acqua, che versa sopra ai fiori sciupati. "Il vaso è troppo piccolo," mi dice, come se fossi curioso di saperlo. "Si secca troppo velocemente e dato che non sono tornata a casa ieri sera…" Rientra nella roulotte.

Vorrei andare, ma mi sento a disagio nel lasciarla qui. So che è una donna adulta che vive da sola da sempre, ma mi dà l'idea di essere una condizione molto insicura e pericolosa. È una donna umana fragile, qua in mezzo al nulla, dove nessuno la sentirebbe mai gridare.

Faccio il giro del caravan, alzando il naso all'aria per annusare. Vorrei essere sotto forma di lupo, in modo da capire più a fondo cosa è passato da queste parti. Entro tra gli alberi e colgo un odore che mi fa venire la pelle d'oca.

Mutante.

Lupo maschio.

Chi è venuto qui? Il mio amico Buzz?

O potrebbe avere qualcosa a che vedere con il laboratorio che sto cercando? Magari un soggetto scappato ai test?

Mi volto a guardare la roulotte, pensando di spogliarmi e tramutarmi, ma Sunny esce. "Non sentirti in dovere di fermarti, Titus." Potrebbe sembrare una frase maleducata, ma mi sta guardando con una delle sue più solari e radiose espressioni. Le hanno davvero dato un nome adatto.

Con riluttanza torno indietro. "Sì, ok. Quando il tuo mini-van sarà riparato, lo verrò a sapere. Ti serve un passaggio domani fino al ponte per andare a vendere le tue cose?"

"La mia roba è bel mini-van. Non ci stavo pensando quando gli hai detto di portarlo via."

Merda. Ora mi sento uno stronzo totale. E non mi fido di quei coyote drogati, che di certo venderanno la sua roba. E in questo modo sto incidendo negativamente sulla sua capacità di guadagnarsi di che vivere.

"Vado subito da loro e gli dico di sbrigarsi," le dico,

anche se è lunga da qui. "E ti faccio sapere appena sarà pronto."

Sbatte le palpebre con quei suoi occhi da gatta. "Grazie, Titus."

"Hai bisogno di altro?"

Posa la mano sana su un fianco, ma è troppo gentile per spiegarmi un'altra volta che non ha bisogno di niente da parte mia.

"Giusto. Ok. Ci sentiamo."

"Grazie ancora!" Agita la mano allegramente.

Non sopporto di sentirmi come se si stesse sbarazzando di me, ma so che è così.

Dannazione.

Monto in sella alla moto e accendo il motore. Quando tornerò, mi tramuterò e seguirò in qualche modo quegli odori.

∾

SUNNY

"TESORO, sto bene. Davvero. Titus si è perfettamente preso cura di me." Ho chiamato Foxfire appena mi sono sistemata. La mia roulotte funziona benissimo anche senza essere connessa a qualcosa, grazie all'elettricità generata dai pannelli solari, e ho potuto caricare il cellulare. Devo solo portarmi qui la mia acqua, se voglio fare la doccia più di una volta alla settimana, perché a Taos scendono trenta centimetri di pioggia all'anno.

Questa è stata la prima occasione che ho avuto per parlare con Foxfire, anche se ci siamo messaggiate per tutto il giorno.

"Ancora non ho capito perché Titus era lì. State…

insieme, o qualcosa del genere?" Sembra leggermente nauseata dal pensiero. Ma ai figli non piace mai pensare ai genitori come a degli esseri che fanno sesso. Anche se l'ho cresciuta con una mente aperta e bendisposta nei confronti della sessualità, Foxfire è inibita e timida quando se ne parla.

"No!" La mia voce esce troppo acuta. "È qui per lavoro. L'ho incontrato per caso al ponte sulla gola. E poi è venuto a yoga."

Foxfire emette un rumore sputacchiante, come se le fosse andata di traverso l'acqua. "Cosa? *Che cosa?*" Ride. "Titus è venuto a *yoga?*"

Ridacchio anch'io. "Lo so, tesoro. Ridicolo. Vedi, c'era quest'altro tizio al ponte, che ha detto che voleva…"

"Ok, fermati. Non sono sicura di voler sentire questa storia."

"Beh, sei stata tua a chiedere, tesoro. Io sto solo cercando di spiegare."

Sbuffa. "È una storia su di te che fai sesso con il padre di mio marito? Perché di certo non voglio sentirla."

"Ok, allora l'argomento è chiuso."

"Oh, Sunny! Non occorreva che me lo facessi sapere!" geme. Mia figlia mi ha sempre chiamato per nome, perché ho voluto crescerla in una maniera che le desse totale autonomia. Credo che i bambini, come tutti noi, siano esseri infiniti. Sono solo intrappolati in corpicini piccoli e sottovalutati dagli adulti che li circondano. Ho cercato di agire dando per scontato che Foxfire avesse la piena consapevolezza di sé e potesse fare le sue scelte. La mia presenza era pronta in caso di necessità di aiuto o di una guida.

Rido. "Non ti preoccupare. L'ho mandato per la sua strada. Sono tornata nella mia roulotte adesso, e starò benissimo appena riavrò anche il mio mini-van. Ma basta parlare di me. A che punto siamo con i miei nipotini?"

"Oh, *Sunny*! Per favore!"

"Io voglio dei nipotini, Foxfire. Ti ho mandato un sacchettino con pietra di luna e quarzo rosa per aumentare la fertilità."

"Omioddio, Sunny, no. Non ne abbiamo bisogno."

"Ah, sei già incinta?"

"Sunny!"

"Se stai facendo fatica, potrebbe essere colpa dello sperma di Tank. Potreste fare un esame per accertarvene."

"Non parlare mai più dello sperma del mio compagno."

"Foxfire, sai quanto adoro i bambini."

Foxfire sospira, ma la sua voce si ammorbidisce. "Lo so, Sunny. Solo che noi non siamo ancora di questa idea."

"Beh, non aspettare troppo, tesoro. Per me è stata davvero dura, sai. Non voglio che passi il tuo momento migliore e poi vivi i problemi che ho avuto io."

"Sunny. Non proiettare le tue paure su di me."

"Hai ragione, hai ragione," le dico immediatamente. Sono pienamente convinta che i pensieri creino realtà, e non dovrei mai circondare mia figlia con le mie ansie. "Ti circondo di amore incondizionato e della consapevolezza che sei perfetta così come sei." Questo è il mantra che ho usato per farla diventare grande.

Sento nella sua voce il sorriso che ha in volto. "Grazie, Sunny. Ti voglio bene anch'io."

"Buonanotte, tesoro. Dai un abbraccio da parte mia a quel tuo omaccione."

"Sarà fatto. Ciao, Sunny."

CAPITOLO CINQUE

Titus

NON SO che cazzo sto facendo. Se la credessi capace, direi che Sunny è una vera strega e che ha scagliato un incantesimo su di me.

Ma ovviamente non è possibile. Non ha alcuna intenzione di intrappolare nessuno nella sua tela.

Non intenzionalmente, comunque.

Eppure io sono intrappolato. Questa è l'unica spiegazione che ho per giustificare la mia necessità di riportarle il mini-van con caricato dentro l'occorrente per preparare e allestire delle fioraie.

È davvero una cosa stupida.

Dovrei limitarmi a mollare lì il mezzo e poi allontanarmi, per andarmi a tramutare e annusare in giro, per vedere cosa posso trovare. Ho un lavoro da fare per l'alfa Green.

Invece mi ritrovo a fare il giardiniere per una donna che non vuole alcun aiuto da parte mia.

Sono davvero fuori di testa.

Eppure, quando Sunny corre fuori dalla porta in tutto il suo solare splendore appena accosto, dimentico tutta la mia forzata riluttanza. Ha i capelli raccolti in cima alla testa in un disordinato chignon che la fa apparire più alta e slanciata. Il sorriso che ha in volto potrebbe illuminare una grande città.

E il solo vederla mi allevia da tutta quell'insistente sensazione di errore che mi angustia da quando l'ho salutata ieri sera.

"È già pronto?" Saltella verso di me. "È meraviglioso!"

"Gli ho fatto un po' di pressione." Praticamente sono andato lì e sono stato a guardare quei cazzoni fino a che non hanno completato il lavoro. Probabilmente sono fortunato che il branco non si sia rivoltato contro di me, ma ho avuto la sensazione che il loro alfa avesse dato precisi ordini, sottolineando che mi era dovuto. Quindi loro erano obbligati a eseguire.

Sunny mi dà un rapido bacetto sulla guancia. Non vorrei farlo, ma il mio braccio si stringe istantaneamente attorno alla sua vita e involontariamente tiro il suo corpo a me. "Oh!" La sua sospirata esclamazione di sorpresa me lo fa venire duro.

O forse è il fatto che il suo profumo di franchincenso e rose mi entra nelle narici. O ancora, potrebbe essere la morbidezza del suo petto privo di reggiseno.

"Sei occupata stamattina?" dico a denti stretti, per impedirmi di gettarmela in spalla e andare a cercare una solida superficie sopra alla quale scoparla. Il tavolo da picnic qui vicino potrebbe andare bene, se non avesse dei grumi di argilla rossa sopra, con un grosso coso a forma di bastone che sporge dalla sommità. Qualcosa nella forma mi fa accigliare. "Che diavolo è quella roba?"

"Oh." Il suo volto arrossisce. "Una cosuccia alla quale stavo lavorando. Mi sentivo ispirata."

Fingo di esaminare la radice rivolta verso l'alto. "Che cos'è?"

"È, uhm, una cosa alla quale sto lavorando." Si infila una ciocca di capelli dietro all'orecchio e mi guarda con occhi sgranati. Lentamente, la mia mente interpreta la rozza forma. La guardo meglio. Sì, l'argilla è modellata a forma di cazzo.

"Ma che cazzo...?"

"L'arte fallica era molto comune nelle antiche civiltà. Questi modelli erano simboli di fertilità ed erano pensati per portare fortuna." Alza il mento mentre mi spiega la cosa. "Ad ogni modo, ho preso te come modello."

"Troppo piccolo," ringhio. Non so che altro dire. Intendeva completare quell'oggetto di argilla e usarlo poi su di sé? Ho l'uccello che sta per esplodere dai jeans. Mi giro, prima di fare qualcosa di stupido, tipo gettare a terra le suppellettili artistiche e farle vedere che nessun modellino in argilla è paragonabile all'attrezzo vero.

"Lo vuoi?" mi chiede Sunny con voce tentennante.

No, diamine. Ne ho già uno, tesoro. "Tienilo. Una cosa per ricordarti di me."

C'è una lunga pausa imbarazzata mentre penso a dei calciatori sudati per cercare di dare una calmata all'uccello.

Sunny si schiarisce la gola. "Allora, ti serve che ti dia un passaggio in città?"

Ahi. Ha fretta di sbarazzarsi di me.

Dannazione.

"Sì. Dopo che avrò fatto un paio di cosette." Apro lo sportello laterale del mini-van e tiro fuori le fioraie, il terriccio e i fiori.

Sunny sussulta. "Titus!"

Non la guardo, perché se lo faccio temo che finirà in ginocchio per terra. Con io che la sbatto da dietro. Invece sbuffo e passo oltre con passi pesanti, piegandomi sotto al peso delle fioraie e andandole a sistemare ai due lati della porta. Ne riempio una a metà di terra e poi ci sistemo dentro tre diverse varietà di fiori che il commesso del consorzio mi ha consigliato. Faccio lo stesso nell'altra fioraia. Per tutto il tempo Sunny mi saltella attorno, emettendo versi di approvazione.

Finisco coprendo i fiori con altro terriccio e poi mi alzo in piedi, spolverandomi la terra dalle ginocchia. "Hai dell'acqua?"

Mi giro e scopro che Sunny è già pronta con un annaffiatoio in mano.

"Oh!" Si sente uno sciabordio quando le nostre mani sbattono tra loro e dell'acqua si riversa sulla parte davanti della sua maglietta. I capezzoli spingono contro il tessuto sottile, duri e sporgenti.

Cerco di alzare lo sguardo. Ci provo davvero. Ma il messaggio che parte dal cervello non arriva agli occhi. Sono incollati a quei bottoncini turgidi. Mi viene l'acquolina in bocca. Mi schiarisco la gola.

Nessuno di noi due si muove. Non sono neanche sicuro che stiamo respirando.

Tre... due... uno. Il mio controllo si rompe.

L'annaffiatoio cade a terra, schizzando d'acqua le nostre gambe. La roulotte quasi si rovescia contro l'impatto dei nostri corpi che ci sbattono contro. Mi impossesso violentemente della sua bocca e contemporaneamente le pizzico un capezzolo tra pollice e indice.

Lei lancia un acuto gridolino di protesta e allento la stretta, massaggiandole il seno morbido mentre le mordo e lecco il collo.

"Vieni qui," ringhio, prendendola in braccio e portandola dentro.

Ogni zona erogena si accende solo sentendola vicina, tra le mie braccia, nella consapevolezza che a breve la farò mia.

La porto verso il materasso e ve la adagio sopra, tirando su la maglietta e dedicando maggiore cura ai suoi capezzoli. Li gratto con i denti, li pizzico, li tiro. Li succhio e li bacio.

"Oh, Titus. Mi stai facendo diventare matta."

La pazzia è reciproca, sole mio. E non c'è altra parola per definire questa cosa, poco ma sicuro.

"Vuoi che ti tocchi qui, tesoro?" Le metto una mano in mezzo alle gambe, strofinandola attraverso i sottili pantaloncini di cotone. Sto cercando di imbrigliare la mia aggressività e assicurarmi che lei lo voglia davvero. Soprattutto considerando che appena sono arrivato si è subito impegnata a sbarazzarsi di me.

Si dimena contro la mia mano. "No."

Resto immobile.

Cazzo.

"Voglio Spartaco."

"Cosa?"

Mi spinge indietro, mi sale sopra a cavalcioni e mi apre i jeans. Libera il mio uccello e lo afferra alla base. "Questo è Spartaco."

"Eh?"

"Il tuo uccello. L'ho soprannominato Spartaco."

"Come? No."

"Spartaco." Fa un movimento con la mano che fa saltare le mie palle sull'attenti, imploranti. "Perché è sempre pronto a mettersi in piedi per l'occasione."

"Cosa?" Mi sforzo di pensare chiaramente. "Non chiamarlo così."

"Sono Spartaco," dice con un ringhio derisorio, e poi ride.

"Smettila. No."

Ma poi abbassa la testa e inizia a leccare la cappella.

"Sì. Sì, cazzo, ancora."

"Ti piace?" Usa una voce falsamente innocente. Questo suo modo di stuzzicarmi il cazzo mi sta facendo perdere la testa.

"Meno chiacchiere e succhiare di più, donna," ringhio.

"Ok, lupo." Lo prende tutto in bocca e il fremito di piacere che mi scorre dentro fa quasi rovesciare il caravan.

Che donna fuori di testa, a dare persino un soprannome al mio uccello.

Mentre me lo succhia, io allungo le dita e vado a sbottonare i suoi pantaloncini di cotone e glieli sfilo. Il fatto che non porti mai le mutandine mi manda davvero fuori di testa. È una tentazione ancora più forte sapere che quella fica è *direttamente lì*.

Ci poso sopra la mano. Quando faccio scorrere il pollice sul clitoride, lo trovo zuppo. È pronta. "Vuoi che Spartaco ti scopi?"

Dei del cielo, che problemi ho? Ora anch'io mi sono messo a chiamare il mio uccello con il nome che gli ha dato lei. *A voce alta.*

Ridicolo.

Ed eccitante, in un certo senso.

"Sì," bofonchia.

Mi alzo e ci scambiamo di posto, così posso far scorrere la lingua dalla sua fessura al clitoride e indietro. Ha un sapore magico.

Polvere di luna e di fate. Petali di fiore e gemme.

E non ha alcun senso, cazzo, quindi mi è sempre più chiaro che sto diventando matto.

Darò la colpa all'imminente luna piena per tutta questa

follia. Alla luna piena e a questa donna meravigliosa e selvaggia sotto di me.

Mi tiro giù i jeans. "Lo vuoi adesso?"

"Adesso." Mi afferra le maniche della maglietta e mi tira verso di sé, le labbra socchiuse.

Oh, cielo.

Il mondo ruota quando ci baciamo. La Terra trema.

Oh, aspettate, può darsi che sia la roulotte.

Se non lo è, tremerà comunque molto presto.

La infilzo con la mia erezione, guardando il suo volto espressivo contorcersi nella passione. I suoi occhi ruotano indietro, la bocca si apre. Il gemito che le esce dalle labbra potrebbe essere preso e utilizzato per ogni film porno che sia mai stato girato.

"Così, amore," dico con voce suadente, anche se non sono mai stato tipo da dire paroline dolci a letto. È che mi esce con facilità dalla bocca.

Tiro indietro le anche e spingo di nuovo, questa volta permettendomi di affondare di più e crogiolarmi nel mio piacere. Mi fa sentire così bene. È tutto così giusto. È piccola e umana e potrei aprirla in due con la mia enorme erezione, eppure riceve ogni colpo con morbidezza e generosità.

È il genere di donna che potrebbe dare, e dare, e continuare a dare.

E non ho idea di cosa mi porti a trarre questa conclusione, ma so che è vera.

"Sei così bella, sole mio. Bellissima."

"Vai alla conquista, Spartaco."

Una risata mi esplode dal petto. Mi appoggio sui pugni piantati ai lati della sua testa e spingo più a fondo e con maggiore forza, dando colpi ritmati e regolari, che fanno decisamente dondolare il caravan.

Lei emette questi folli gemiti di piacere. Disperati, bisognosi, ma in qualche modo di apprezzamento.

La scopo fino a farle perdere la testa e farneticare frasi senza senso. La scopo fino a che non perdo la testa pure io. E poi le pizzico i capezzoli e le ordino: "Vieni."

E lei viene. La sua fica si stringe sul mio uccello e poi si contrae quando raggiunge l'apice.

Aspetto che abbia finito e la spingo sul fianco, alzandole la coscia per avere un'angolazione diversa. La perfezione.

La cavalco in questo modo fino a che non vengo anche io, i fuochi d'artificio che esplodono dietro ai miei occhi, la stanza che fa diverse capriole.

Quando la mia vista si fa di nuovo chiara, cado sul letto e le cingo la vita con un braccio. La tiro a me. "Non avevo idea di averne così tanto bisogno," le confesso.

Cielo, che problemi ho? Non parlo mai di sentimenti, e adesso mi trovo a spifferare tutto? È come se mi avessero dato il siero della verità o qualcosa del genere. "Non sapevo che sarebbe stato così bello," continuo.

"Guarigione sessuale, tesoro," dice Sunny con aria soddisfatta.

Mi irrigidisco, la mente pervasa da immagini di lei che fa questa cosa con innumerevoli altri uomini. È uno spirito libero che pratica l'amore libero, nata forse un po' troppo tardi per unirsi al movimento hippie degli anni Sessanta.

"Piano, ragazzone." Ruota verso di me. "Non essere geloso."

Non so come faccia a leggermi nel pensiero in questo modo. Strega di donna.

"Quanti?" dico con voce strozzata.

Mi posa la mano sana sul petto e fa roteare una gamba sopra al mio grembo, montando a cavalcioni. "Stammi a sentire, Titus. Non sono cose da chiedere."

"Hai ragione," dico velocemente. Ho superato il confine. Non so perché mi sento così possessivo nei confronti di questa donna.

Di questa donna che non vuole essere posseduta.

~

SUNNY

TITUS PENSA che abbia scelto questo stile di vita per pura frivolezza.

Ma la verità è che non è l'unico ad avere concluso una relazione con una ferita che non si rimarginerà mai.

E anche se non ne parlo mai, mi sembra importante dirglielo.

"L'unica cosa che ho sempre voluto è stata sistemarmi e mettere su famiglia."

Titus sbuffa, ma quando vede che sono seria, resta immobile.

"Mi sono sposata giovane. Appena uscita dal liceo. Con un uomo giovane e carino. Faceva il contabile per un'agenzia di assicurazioni. Voleva dei figli, almeno tre. E voleva fare l'uomo forte che mi dava supporto, consentendomi di stare a casa a occuparmi dei bambini."

Titus mi fissa incredulo, come se potesse trattarsi di una lunga barzelletta.

"Voglio dei figli da sempre. Da quando giocavo con le bambole all'età di tre anni, penso. Quindi mi è sembrato un accordo perfetto."

Titus si irrigidisce. "Cos'è successo?" C'è un ringhio di avvertimento nella sua voce, come se volesse andare da Jack e strappargli la testa dal collo, o qualcosa del genere.

"Ci siamo sposati in chiesa con le nostre famiglie e gli

amici, e abbiamo comprato una casetta con due camere a Kansas City. Io cucinavo, pulivo e piantavo fiori, aspettando di restare incinta." Vedo che Titus sta iniziando a capire. Sul suo volto c'è comprensione mescolata a orrore. Fa scorrere una grossa mano ruvida sulla mia coscia. Non è un gesto sessuale, è più come se stesse tentando di calmarmi.

"Ci ho messo un anno e mezzo solo a restare incinta. E credimi, ci provavamo davvero. Mi misuravo la temperatura ogni mattina, controllavo il ciclo. Sapevo quando c'era l'ovulazione. Non so che problemi ci fossero. I medici non capivano. Alla fine sono rimasta incinta."

"E l'hai perso." La compassione nello sguardo di Titus è quasi insopportabile.

Sbatto rapidamente le palpebre. "La più grande delusione della mia vita," dico con voce strozzata.

Lui mi stringe entrambe le cosce, poi mi tira giù, verso il suo corpo, stringendomi tra le braccia. "Mi spiace, angelo. Dev'essere stato orribile."

"Già. Il mio incubo personale. Dopo altri tre aborti, Jack non ce l'ha più fatta. Ha chiesto il divorzio e mi ha sbattuta fuori. Si è risposato sei mesi dopo, e la sua nuova moglie è rimasta immediatamente incinta."

"Cristo, Sunny." La voce di Titus si incrina un poco.

Scrollo le spalle contro il suo petto. La tristezza che ho sepolto così a fondo, quella che ho dominato per tutti questi anni, riaffiora di nuovo, ma stare sul petto forte di Titus la fa sembrare meno devastante di un tempo. "Non avevo un diploma preso al college. Non volevo tornare dai miei genitori per farmi mantenere da loro, soprattutto perché non erano stati d'accordo con la mia decisione di sposarmi così giovane. Non volevo sentirmi dire il classico *Te l'avevo detto*.

"L'amica di un'amica, che viveva fabbricando gioielli,

mi ha invitata a unirmi a lei nel circuito artistico e artigianale. L'ho aiutata mentre cercavo di capire che articoli realizzare, in modo da poterli vendere senza mettermi in concorrenza con lei. Da allora sono in questa cerchia."

"E poi hai conosciuto il padre di Foxfire? Cos'è successo con lui?"

"Johnny. Sì. Non era tipo da accasarsi e sposarsi. Era un uomo molto gentile. È subito scoccata la scintilla. Come fra me e te."

La fronte di Titus si aggrotta, ma i suoi occhi grigi restano fissi sul mio volto e non si offre di dire nulla.

"Aveva una famiglia molto all'antica. Una sorta di culto, a dire il vero. E non gli permettevano di lasciare il gruppo o di sposarsi. Anche lui vendeva roba nello stesso circuito. È così che ci siamo conosciuti. Siamo usciti insieme. Era la sua prima volta con una donna, e non ha neanche pensato ai preservativi. Io non ho insistito, perché, beh, sapevo di non essere così fertile, e lui ovviamente era pulito."

"Ma sei rimasta incinta."

"Sì. Ci eravamo già separati quando l'ho scoperto, e lui si è sentito terribilmente in colpa. Ha proposto di lasciare il suo culto e venire a vivere con me, ma non volevo creargli quel genere di pressione. Avevo già avuto il marito forte, da steccato bianco attorno al nido d'amore, ed era andata di schifo. La pressione a essere perfetti non era fatta per me, capisci?"

La mandibola di Titus si tende. "Sì, ma aveva la sua responsabilità per la cucciola. Cioè, per la vostra bambina."

Rido. "L'hai chiamata cucciola per il suo nome? Che grazioso."

Sembra che gli occhi grigi e freddi di Titus mi stiano perforando.

"Ha fatto meglio che poteva. Mi mandava soldi quando poteva metterne da parte, ma era povero quanto me. Io gli mandavo delle foto. È andata bene così. Onestamente, penso sia più facile crescere un figlio da soli. Nessuno con cui litigare su come tirarlo su."

Titus scrolla le spalle. "Vero. Anche se ancora non riesco a capire come faccia un genitore a vivere senza suo figlio. È innaturale."

Piego la testa di lato, notando delle nubi nella sua aura. "Non l'hai mai perdonata per essersene andata, vero?"

Titus si irrigidisce, gli addominali che diventano duri come la roccia, come se avesse bisogno di protezione. Faccio scorrere i polpastrelli sui suoi pettorali e scendo verso la pancia.

"No, non l'ho perdonata. Ma lei non solo ci ha abbandonati. Mi è costata il lavoro. La rendita. Si è presa migliaia di dollari dalla società per cui lavoravo, ed è scappata."

Non posso nascondere il mio shock. "Wow. Tradimento totale."

"Esatto."

"Scommetto che hai avuto la sensazione di non conoscerla neanche, dopo che se n'è andata."

Si tira su, appoggiandosi a un gomito. "Precisamente. Come fai a saperlo?"

Scrollo le spalle. "Ne ho sentito l'energia. Mi spiace tantissimo, Titus. Quindi devi sapere che tu non c'entravi niente, giusto? È solo che lei era fatta così. L'avrebbe fatto con chiunque."

"Sono stato io l'idiota che ha deciso di accoppiarsi… cioè, di sposarsi con lei."

"No. Non addossarti la colpa. La tua scelta ha avuto come risultato Tank. Come potresti mai pentirtene?"

Il volto di Titus si ammorbidisce. "Hai ragione. Già.

Completamente." Si accarezza la barba con una mano. Dopo un secondo dice: "Adesso ho capito."

"Che cosa?"

"Perché non vuoi sistemarti."

Trattengo il fiato, insicura se voler sentire o meno l'opinione che si è fatto di me. Questo è generalmente il momento in cui i miei sentimenti vengono feriti.

"Ti sei sentita come se avessi fallito."

Le lacrime mi pizzicano gli occhi. Titus alza una mano e mi accarezza la guancia. "Ma la verità, sole mio, è che sei perfetta. So che credi che l'universo ti protegga, e tutte quelle altre cagate. Forse l'universo semplicemente non voleva che restassi invischiata con quello stronzo alleva bambini. L'universo voleva che avessi una figlia coraggiosa e radiosa, ora forte ed eccentrica quanto te."

Lo guardo di sottecchi. "Non sono sicura che fosse un complimento."

"Cavolo, sì che è un complimento. Hai fatto un ottimo lavoro a crescere una figlia piena di furbizia, forza e spirito da guerriera. Come potrebbe mai essere un errore?"

Gli sorrido come un'idiota. Lui ricambia il sorriso. Poi sento lo stomaco brontolare.

"Andiamo in città a prendere qualcosa per il pranzo, prima che tu vada alla gola," propone Titus.

"Sì, ok." Mi stacco da lui, permettendo alla tiepida lucentezza delle sue parole di circondarmi. Indosso un vestitino prendisole e mi infilo un paio di sandali ai piedi. Per la prima volta mi sembra che io e Titus potremmo pensarla alla stessa maniera, e la sensazione che provo mi piace davvero tanto.

Titus

. . .

Dopo pranzo, Sunny mi lascia a casa mia e va al ponte per lavorare.

Sono ancora ansioso di tornare al suo caravan e annusare nei paraggi sotto forma di lupo, ma aspetterò stanotte. La luna è piena. Se ci sono in giro altri mutanti, saranno a caccia anche loro più tardi. Potrei trovare ciò che sto cercando.

Nel frattempo, vado in città e mi fermo nei bar locali a chiedere del mio amico Buzz.

Nessuno ha sentito parlare di lui. E non ho neanche la sensazione che stiano raccontando palle. Forse il mio amico non sta più da queste parti.

Mi ritrovo ad attraversare la plaza. Ogni cosa mi ricorda Sunny. La cantina dove abbiamo bevuto insieme. Il punto dove mi trovavo quando ho sentito lo schianto dell'incidente. Il tetto dove mi ha offerto la peggiore presa in giro della mia virilità che abbia mai avuto in tutta la mia vita.

Laddove questi pensieri prima mi irritavano, ora sento solo calore e affetto per la bellissima umana. Sentire la storia dei suoi dolori passati mi ha fatto capire tutto. Scappava per evitare il genere di rifiuto che ha ricevuto da suo marito.

Vorrei spaccargli la testa, anche se sono felice che non sia più sposato con lei. Però, il dolore che le ha fatto provare… deve essersi sentita del tutto inadeguata e sola, quando lui l'ha cacciata.

Un ringhio mi sale dalla gola e i turisti che mi passano accanto si allontanano di scatto.

Voglio mostrare a Sunny che non deve temere un rifiuto. Può risistemarsi. Non per mettere su famiglia, ovviamente, ma per vivere in una casa vera. Con le aiuole piantate nel giardino.

E me.

Aspetta, no. Questa è una pazzia. Sono un lupo.

E lei è umana.

Le relazioni con gli umani sono vietate.

Guarda Garrett, sussurra il mio lupo. Garret, l'alfa di mio figlio, ha preso una compagna umana. La scusa era che si tratta di una mentalista. Ha abilità speciali.

Ma anche la mia Sunny è speciale. Non sarà in tutto e per tutto una veggente, ma è sicuramente iper-intuitiva. Ha visto il mio lupo con il potere della sua mente. A un certo livello, sa cosa sono, solo che non ha un contesto di riferimento in questa realtà.

Mi ritrovo fuori dal negozio di cioccolato dove Sunny è andata l'altro giorno, dopo che abbiamo discusso, ed entro. Un campanellino allegro legato alla maniglia tintinna e l'amica di Sunny che ho visto alla lezione di yoga alza lo sguardo sorridendo.

"Oh, ciao," cinguetta. "Sei l'amico di Sunny."

È strano che sia infastidito perché non ha detto che sono *l'uomo* di Sunny?

Decisamente.

"Sì. Sono Titus."

"Adele." Mi porge la mano da sopra il bancone e la stringo. Il negozio sa di cioccolato e zucchero e… di leggero odore di coyote.

Vi prego, ditemi che non frequenta uno di quei miseri coyote. Adele mi sembrava molto meglio di così. Ed è tutto dire, considerato che è umana.

"Cosa posso offrirti?"

Do una rapida occhiata ai contenitori di vetro. "Cosa… ehm, cosa piace a Sunny tra queste cose?"

Un grosso sorriso le piega le labbra. "Le compri un regalo? Ho proprio la cosa giusta!" Prende una scatolina e usa le pinze per riempirla con quattro perfetti piccoli tartufi. Sono come minuscole opere d'arte. Quasi troppo belli per mangiarli. "Questi li adorerà." Mette un coperchio sulla scatola e la lega con un grazioso nastro.

Tiro fuori il portafoglio. "Quant'è?"

"Dieci dollari, grazie."

Cristo, dieci verdoni per quattro tartufi. Mi sa che sono buoni tanto quanto costano. Ma non ha importanza. Avrei pagato anche cinquanta dollari per qualsiasi cosa possa fare sentire Sunny speciale. Le porgo dieci dollari e prendo la scatola. "Grazie. Lo apprezzo."

Prendo il regalo ed esco con passo allegro e leggero. Programmo di rivedere Sunny domani.

Stanotte andrò alla sua roulotte sotto forma di lupo e annuserò in giro, ma non serve che lei lo sappia. Spero di ottenere più informazioni – qualsiasi cosa che sia valida – prima di dover chiamare il mio alfa con un resoconto da offrirgli.

CAPITOLO SEI

Sunny

IL LUNGO DOLENTE ululare di un lupo mi sveglia nel cuore della notte.

C'è la luna piena.

Sento sempre i coyote, ma è la prima volta che sento un lupo. Non so neanche come faccio a sapere che si tratta di un lupo, ma è così. Vivere nella roulotte dà sempre l'impressione che gli animali siano vicini, appena fuori dalle sottili pareti dell'abitacolo. In genere è una cosa che adoro, ma stasera un brivido mi sale lungo la schiena.

Anche se fuori fa caldo, mi tiro su la coperta fino al mento.

Sento un ramoscello che si spezza fuori dalla mia finestra. Un ansimare.

Oh, santo cielo, il lupo è qua fuori. Un lupo vero, non un animale guida.

Mi metto a sedere e tiro di lato la tendina per sbirciare fuori. La luce della luna illumina chiaramente un gigantesco lupo nero con luccicanti occhi d'ambra. Sta annusando attorno alla mia roulotte.

Mi si ferma il cuore nel petto.

Un altro lupo ulula, più distante. Il lupo nero alza la testa e rizza le orecchie per ascoltare. Resta immobile, in attesa. In ascolto.

Trattengo il fiato.

Un altro ululato, questa volta più vicino.

Il lupo digrigna i denti e ringhia.

Un lupo argentato salta fuori dagli alberi e improvvisamente le due bestie sono avvinghiate tra loro in un caos ringhiante.

Dalle vicinanze arriva il suono di ringhi e guaiti, come se altri lupi stessero arrivando.

Un altro lupo nero salta fuori dal bosco e si unisce alla mischia. Poi altri due.

Grido. Questa volta mi alzo in piedi e corro fuori. Chissà cosa penso di fare. Spaventarli, forse, o interrompere la lotta.

Uno dei lupi neri volta le sue zanne bianche verso di me con un ringhio.

Il lupo argentato salta fuori dalla zuffa e atterra tra me e l'animale nero, dandomi la schiena. Ha il pelo ritto, le zanne che luccicano alla luna. Il suono che gli sale dalla gola è terrificante.

Eppure sembra che mi stia proteggendo. E non ha senso.

Gli altri quattro lupi formano un semicerchio davanti a noi, ringhiando, ma poi il più grosso si siede e il suo atteggiamento aggressivo sparisce.

È chiaramente l'alfa, perché gli altri tre lo imitano immediatamente, e si siedono a loro volta.

Il lupo argentato continua a ringhiare e a mostrare i denti.

Arretra, facendosi più vicino a me, quindi anche io devo andare indietro. Gli altri lupi restano a guardare.

Non conosco abbastanza il comportamento dei lupi da capire cosa stia succedendo, ma ho sicuramente paura.

Il lupo argentato arretra ancora di più, fino a toccare le mie gambe con le sue zampe posteriori. Poi si gira leggermente e mi guarda da capo a piedi. È come se mi stesse dicendo di tornare dentro alla roulotte.

Ed è lì che un nome inaspettato mi esce dalle labbra.

"Titus!"

Fisso il lupo. Non so cosa me l'abbia fatto dire, ma l'energia è la stessa. Questo canide ringhiante e zannuto ha la stessa attitudine burbera e protettiva che ha mostrato Titus quando mi ha lasciata a casa oggi.

Ma non ha senso.

Il grosso lupo nero si alza in piedi e trotterella via come se non fosse successo niente. Non si cura neanche di guardarsi indietro, come se sapesse che è impossibile che il lupo argentato lo attacchi. Gli altri tre lo seguono un momento dopo, e io sospiro, tremante.

"Titus?" sussurro.

Sto diventando pazza? Una cosa è vedere un animale guida, qualcosa che si trova oltre il velo di separazione. Altra cosa è credere che un lupo vero, reale, sia lo stesso uomo in carne e ossa con cui stavo poco fa.

Il lupo mi guarda con occhi azzurri e luminosi.

Mi si annoda lo stomaco.

È lo stesso lupo della mia visione.

Decisamente.

"Titus?" provo di nuovo.

E improvvisamente c'è un movimento indistinto, uno scricchiolio di ossa, e mi trovo davanti l'uomo.

Nudo come mamma l'ha fatto e con il sesso eretto.

Bellissimo.

Irradia potere puro e forte.

O è magia? Perché di sicuro appartiene al regno della magia se sa cambiare forma come gli pare e piace.

Arretro barcollando, improvvisamente spaventata. Allungo una mano per appoggiarmi alla roulotte e mantenere l'equilibrio. "Co-cosa sei?"

I suoi occhi sono ancora azzurri e luccicanti, non del grigio ardesia che ha di solito. I denti sono ancora bianchissimi, i canini troppo lunghi.

"Entra." La sua voce è roca e cruda, come se non fosse più capace di parlare.

Sto tremando, anche se non so se sia per paura o per qualcos'altro. Anticipazione. Desiderio.

Probabilmente tutto quanto.

"S-sei un lupo."

"Già." Avanza verso di me, un bagliore predatorio negli occhi azzurri, e sono costretta a entrare nel caravan.

"Titus?"

D'un tratto capisco.

I lupi mannari esistono. Lui è un lupo mannaro, e c'è la luna piena, il che significa…

Oh, dei del cielo, cosa significa?

"Cosa ti succede quando c'è la luna piena?" La mia voce adesso risuona ruvida e roca come la sua.

Afferra il bordo della sottile camicia da notte che indosso e me la sfila dalla testa. "Scopriamolo."

Io sono nuda. Lui è nudo. L'aria si carica tra noi, pronta a emanare scintille incendiarie.

Buona parte della mia paura evapora. Se intende mangiarmi, non penso che lo farà alla maniera del grosso lupo cattivo.

"Titus…"

Il suo torso sbatte contro il mio petto mentre mi spinge contro il muro. Non so cosa voglio da lui. Una spiegazione, una discussione? Ma non adesso. È ancora per metà bestia, e il suo lato selvaggio vuole dare sfogo al suo impeto.

Ok, allora. Ci sto.

Basta una sola carezza.

Quando afferro un suo braccio con la mano sana per tenermi in piedi, lui si tuffa, la bocca che cala sulla mia per un bacio vorace, le braccia che scivolano sotto al mio sedere e mi sollevano. Mi porta al letto e ci si lascia cadere sopra insieme a me. Il suo fiato è caldo contro il mio collo, mentre trascina la bocca aperta dall'orecchio alla spalla. Sento il suo membro che spinge in mezzo alle mie gambe, scivolando tra i petali bagnati del mio sesso.

Una spinta ed è dentro di me, senza che nessuno di noi lo guidi. Sbatte dentro e fuori, sempre baciando e succhiandomi il collo, l'orecchio, la bocca. La sua lingua si tuffa tra le mie labbra.

"Titus!" Sembra essere l'unica cosa che sono capace di annaspare. Stringo le braccia attorno al suo collo e faccio dondolare il bacino a ritmo con il suo, prendendolo più a fondo, ricevendo tutta la pericolosa passione che porta con sé.

Titus è sempre un amante rude. Questa volta non c'è niente di diverso, ma qualcosa è cambiato. La rabbia e la frustrazione solitamente sottese sono sparite. Ne è spoglio ora: c'è solo la sua incontrollata passione animale.

E mi divora.

La carne sbatte contro la carne, la roulotte dondola e scricchiola così forte che temo che si sbulloni per poi cadere a pezzi. Ovunque mi tocchi, mi risveglia un'incandescente consapevolezza. Si alza sulle ginocchia e mi stringe le anche, sollevandomi e inclinandomi in modo da trovare l'angolazione migliore. Poi mi scopa con forza.

Perdo il fiato. Anche se il mio bisogno è pure smisurato, il mio corpo è implorante e bramoso, reagendo istintivamente alla sua estrema aggressività. Deve sapere che se affermassi la mia volontà, o decidessi di dirigere l'azione, il risultato potrebbe essere doloroso. Mi sottometto, mi arrendo alle sensazioni, al piacere che mi scorre nel corpo. Che ricevo da lui.

Ringhia. Vedo di nuovo il lupo, subito sotto alla super-ficie. Non il lupo vero, ma il suo animale guida. Questa volta non lo vedo arrivare. I suoi denti affondano nella mia spalla nell'istante in cui viene.

Fa male, ma registro appena il dolore. È l'opposto di un'esperienza extracorporea. Sono talmente inserita nel mio corpo, che vengo travolta dalla sensazione. C'è un qualcosa di completamente giusto in questa esperienza, come se i suoi denti fossero una parte stessa della mia spalla, nel momento dell'orgasmo. Come se fosse una sorta di rituale che conosco da sempre, ma che sta fiorendo solo ora nel mio stato cosciente.

Vengo, gli occhi che ruotano all'indietro, il sesso che si stringe e spasima attorno al suo membro.

E poi perdo i sensi, navigando al limitare della coscienza e della consapevolezza di tantissime dimensioni.

Titus

L'AROMA intenso del sangue sulla lingua mi fa tornare del tutto in me.

Oh cazzo.

Cos'ho fatto?

"Tesoro?" mormoro sommessamente, leccando la ferita di Sunny con la lingua per accelerare la guarigione.

Porca puttana, non penso di avere colpito un'arteria.

La perdita di sangue è minima e la ferita non sembra troppo profonda.

Ma ho appena violato le leggi del branco. Prima ho permesso che un'umana vedesse la mia mutazione, poi l'ho marchiata. Entrambe le azioni sono vietate. E la più vecchia delle leggi mi richiederebbe ora di uccidere qualsiasi umano venga a sapere della nostra specie.

Cosa che ovviamente non accadrà.

Ma dannazione. Ho davvero fatto un casino. Il mio alfa mi farà fuori. Potrei perdere il mio posto nel branco. Un'altra volta.

E sempre per una femmina.

Ma la mia autoflagellazione non ha posto qui, adesso. Devo prendermi cura della mia femmina. È ferita, e probabilmente spaventata e confusa.

"Era un morso d'amore?" bofonchia.

"Cosa?" Mando giù una risata che mi sale alle labbra. La mia folle e brillante femmina. Non sa neanche le cose che sa.

"Un morso d'amore? O adesso anche io mi trasformerò in una lupa mannara?"

Soffoco un'altra risata, affondando il viso nella curva del suo collo e baciandole il viso. "Non funziona così. Siamo una specie diversa. Non è una malattia."

"Mi sento così stupida," dice Sunny gemendo. "Continuavo a vedere lupi, e per tutto il tempo ho pensato che fossero animali guida. Come se i tizi del club delle motociclette condividessero lo stesso animale guida, e questo li avesse fatti incontrare e stare insieme."

"Non sei stupida." La bacio ancora un po'. "Ma incredibilmente intuitiva. Hai visto ciò che tentiamo di nascondere."

Sussulta e mi spinge indietro, in modo da potermi guardare. "Foxfire?"

Annuisco. "Mezza volpe. Non si è manifestata fino a che non ha incontrato Tank."

Si copre la bocca con la mano. "Oh, dei del cielo! Come ho potuto non sapere questa cosa sulla mia stessa figlia!"

"Non saperla?" Le mie parole escono con tono incredulo. "L'hai chiamata *Foxfire*. Di certo lo sapevi, a un qualche livello. Solo che la cosa non si inseriva in questa realtà, e non potevi sapere come categorizzarla."

I suoi occhi si velano di lacrime e le accarezzo la guancia con il pollice, baciandole la fronte. "Mi spiace non avertelo detto, sole mio. È vietato."

Annuisce e deglutisce. "Capisco. Sì. Lo capisco." Sbatte le palpebre e vedo quasi la sua mente che vortica, ripensando a tutto ciò che è successo stanotte. "E quegli altri lupi?"

Mi si irrigidiscono le spalle. "Mutanti. Avevo sentito il loro odore, quindi sono tornato per annusare in giro sotto forma di lupo. Ce n'era un branco intero che correva qua attorno. Il mio lupo è diventato matto per il bisogno di proteggerti."

I suoi occhi si ammorbidiscono e gli angoli della bocca si sollevano, per poi ripiegarsi di nuovo verso il basso. "Pensi che volessero farmi del male?"

Ruoto sul fianco, tirando il suo corpo morbido contro il mio. Spartaco salta sull'attenti come se si stesse preparando per le Olimpiadi. *Giù, bello.* "Penso di sì, ma appena hanno visto che c'ero io a proteggerti, si sono tirati indietro. E avrebbero potuto benissimo battermi. Erano quattro contro uno ed erano giovani, con tanto di alfa al loro fianco."

"Non li conosci?"

Scuoto la testa. "Sono vent'anni che non c'è un branco di lupi da questa parte del Nuovo Messico. So di un lupo solitario nella zona, e sto cercando di trovarlo. Per qualche motivo, il branco che abbiamo appena incontrato non è pubblicamente conosciuto."

"Ma come… c'è un registro dei branchi, o qualcosa del genere?"

Non riesco a frenare la risata che mi sale dalla gola. Sembra un evento ricorrente, da quando ho marchiato Sunny. È come se il mio lupo ora avesse imparato a calmarsi e a divertirsi.

Questo deficiente non sa neanche che abbiamo superato da un pezzo l'età dell'accoppiamento, e che ha appena marchiato un'umana, non una lupa.

"No, ma la comunità è piccola. I branchi si trovano tra loro nella loro regione e organizzano corse annuali per promuovere l'accoppiamento. Se non lo facessimo, la nostra specie non sopravvivrebbe. Non siamo tanti. Quindi, scoprire che qui c'è una specie di branco nascosto è una cosa un po' sospetta."

Sunny tocca il punto dove l'ho marchiata e sussulta.

"Mi spiace per quello. Non succederà più, te lo prometto."

"È stato per la luna piena?" Sbatte le palpebre su quei suoi grandi occhi luccicanti.

Forzo un sorriso. "Sì. Una cosa da luna piena." È solo una mezza bugia. La luna piena ha sicuramente contribuito alla mia perdita di controllo sul lupo. Ora non serve che le dica cosa significhi quel morso.

Ma è stupido. Se lo dovesse dire a Foxfire, sua figlia glielo spiegherà di certo. Il morso dell'accoppiamento ha infuso il mio odore nella sua pelle. Per sempre. Ora è contrassegnata come mia, e quando una femmina è marchiata, il suo compagno la segue fino in capo al mondo per starle accanto. Per proteggerla e sostenerla. Che lei lo voglia o no.

E nel caso di Sunny, so già che *non* lo vuole.

E poi non è una lupa, e io non ho avuto dal mio alfa il permesso di accoppiarmi con un'umana. La cosa migliore che posso fare è fingere che non sia successo. Sunny non vorrebbe mai sentirsi legata: è troppo indipendente per una cosa del genere. E accoppiarmi con lei è una violazione del codice del branco.

Quindi, se Sunny scoprirà cosa significa, potremo parlarne in quel momento. Ma non intendo tirare fuori prima l'argomento.

"Titus?"

"Sì?" Le scosto i capelli dal volto. La sua pelle è pallida sotto al bagliore della luna che filtra dalla finestra.

Sembra una dea lunare. Adorabile, delicata, eterea. Neanche appartenente a questo mondo.

"Mi faresti rivedere il lupo? Per favore?"

Sorrido sentendo l'eccitazione nella sua voce. È impossibile dirle di no.

Però devo spiegarle le leggi. "Non dovresti neanche saperlo, sole mio. È vietato tramutarsi davanti agli umani."

"Per favore. Solo un'altra volta. È davvero bellissimo. Voglio vedere la magia in movimento."

Smonto dal letto, scuotendo la testa. "Non si tratta di magia. È solo una biologia diversa." Mi scrocchio il collo e mi tramuto, cadendo a quattro zampe.

Il suo sussulto mi risveglia le zone erogene. Il lupo se la tira.

Sunny si mette a sedere; la sua nudità: magnifica. Il mio odore tutt'attorno a lei: magnifico. "Titus," sussurra. Alzo le zampe appoggiandole sul letto e le poso il muso sulla coscia.

"Oh, dei del cielo, sei bellissimo." Mi accarezza le orecchie, mi strofina il pelo. "Incredibile."

Mi ritramuto e mi lascio cadere sul letto accanto a lei.

"Adesso hai visto. Devi giurare di non parlarne mai con nessun altro umano."

"Lo giuro," sussurra.

"Pensi di poterti astenere dal confidarti con il branco che conosci? Anche con Foxfire?"

"Oh!" La cosa non le piace. Sono sicuro che vorrebbe chiamare immediatamente Foxfire per parlarne. "Beh, ovviamente non voglio che tu finisca nei guai. Aspetterò che me lo riveli lei stessa, allora. Non le dirò mai di averti visto tramutare. Giurin giurello." Mi mostra il mignolo.

Rido e le mordicchio il dito invece di agganciarci il mio. "Come va quel braccio rotto? Non ti ho fatto male facendo sesso, vero?"

"No." Mi avvolge il braccio ingessato attorno al collo e mi tira verso di sé. La mia bocca si unisce alla sua e affondo ancora una volta nel piacere.

Rafe

INTERESSANTE.

Un lupo solitario che corre nel nostro territorio.

Che affronta quattro di noi per difendere una femmina umana. Riconduco il branco al nostro campo, ai piedi del Monte Taos.

Un branco di cervi che si trova tra il pulmino e l'accampamento si sparpaglia e sfreccia via, i piccoli che li seguono sulle loro gambe lunghe e sottili.

Fottuti cerbiatti fuori di testa. Non dovrebbero gironzolare attorno a un covo di lupi. Ma Allison, la Biancaneve dei mutanti disadattati, attira nel nostro campo ogni forma immaginabile di animale selvaggio.

Ci tramutiamo nell'anticamera, tirandoci su i jeans e infilandoci le magliette prima di entrare in una grande ma rustica baita. Un tempo questo era il ritiro invernale di qualcuno. Accoccolata subito dietro all'Arroyo Seco, lungo la strada che porta alla vallata con le piste da sci, è una tenuta di lusso. Ma l'abbiamo trovata decisamente perfetta per organizzare qui le nostre operazioni, e con il nostro introito mercenario ce la possiamo permettere.

"Che diavolo è stato?" chiede mio fratello Lance, dando voce all'ovvia domanda.

"Che cazzo ne so. Turisti, forse," ipotizzo.

"Cosa ci fa con un'*umana*?" dice Deke stizzito. È un tipo feroce. Uccidere gli viene un po' troppo facile. Lo controllo sempre, in caso perda il controllo e diventi pericoloso.

"Non lo so, ma voglio che tu e Lance lo teniate d'occhio. Voglio sapere perché si trova qui e quando se ne andrà. Chi è la femmina. Qualsiasi cosa riusciate a scoprire."

"Vuoi che gli dia una lezione?" chiede Deke speranzoso.

Scuoto la testa. "No. Restate nell'ombra per ora. Non vogliamo che si sparga la voce della nostra presenza qui. Soprattutto con gli affari che stiamo gestendo al momento."

"Ricevuto, capo."

CAPITOLO SETTE

Sunny

Mi sveglio per un rumore sferragliante e metallico fuori dalla roulotte. L'indolenzimento tra le gambe e il dolore della ferita alla spalla mi riportano tutto alla mente.

Titus.

Il mio lupo.

Mi infilo un vestitino corto e sottile, con una stampa di rose, ed esco. L'aria ha ancora in sé la temperatura frizzante del mattino e l'odore di pino e salvia mi riempie le narici.

Titus ha sollevato con il cric il mio mini-van e ha tolto i copertoni.

"Buongiorno." La mia voce è ancora roca, il che le dona una qualità seducente.

Si volta a guardarmi, la sua espressione più morbida e dolce che mai. "Giorno a te, sole mio."

"Cosa stai facendo?"

"Ti giro le gomme. Un copertone ha bisogno di essere

gonfiato un po'. Posso farlo io la prossima volta che scendiamo in città."

"Sono capace di..." inizio a dire, ma lui mi zittisce aggrottando la fronte.

Sorrido. Ok, vuole aiutarmi. Lasciamolo aiutare. È bello avere qualcuno che sostiene il peso per te, tanto per cambiare un po'. Solo non mi ci voglio abituare. Perché Titus è già diventato una persona a cui voglio molto bene.

Una persona per cui soffrirei, se lo dovessi lasciare.

Non lo lasciare, allora.

Questo è il sussurro che sento nella mia testa.

L'ultima volta sapevo che Titus non era pronto per una relazione. E quando ci siamo incontrati di nuovo al ponte, pensavo che ancora non lo fosse. Ma adesso?

Dopo la scorsa notte, adesso forse vede che l'ho accettato per quello che è... forse le cose potrebbero davvero funzionare tra noi.

Solo che... aspetta. Gli è vietato rivelarsi a me. Questo probabilmente significa che ci è anche vietato avere una relazione. Apro bocca per chiederglielo, ma mi interrompo.

Questa mattina sono troppo felice, ancora calda e radiosa dopo averlo avuto nel mio letto. Non voglio rovinare il momento e mettere fine a ciò che stiamo vivendo ora.

Sono sicura che la cosa giungerà a una sua conclusione naturale. Non occorre che affretti tutto.

Solo che non ho voglia di perdere il cuore, strada facendo.

L'hai già perso, mi dice il sussurro. Beh, meglio avere amato e perduto, che non avere per niente scopato. Cioè, amato. Insomma, quello che è.

Sbatto l'anca contro la cornice della porta mentre torno nella roulotte per preparare la colazione per Titus.

Pancake alle noci e banana, senza glutine, con frutti di bosco freschi e crema. Purtroppo non ho carne nel frigorifero, ma faccio un sacco di pancake, che penso gli basteranno.

Ridacchio a voce alta, pensando al suo appetito. Non c'è da meravigliarsi che mangi così tanto: il metabolismo di un lupo dev'essere roba da matti.

Quaranta minuti più tardi, preparo il tavolino da picnic con una bella tovaglia e ci poso sopra una caraffa con dei fiori di campo appena raccolti. Poi servo la colazione. Titus si riempie la bocca di cibo con entusiasmo. "È buono," dice tra un boccone e l'altro. "Davvero buono."

"Quindi sei qui in realtà per lavori da *lupo*?" gli chiedo.

Si asciuga la bocca con un tovagliolo. "Già."

"Ti hanno mandato a trovare altri lupi?"

"Non esattamente, ma più o meno sì." Mi scruta per un momento, e gli leggo chiaramente nel pensiero. Vuole raccontarmi tutto, ma è combattuto dal suo senso dell'onore. Le cose sono decisamente bianche o nere per quest'uomo.

"Mi hai già detto parecchio. Tanto vale che mi racconti tutta la storia," lo incoraggio.

"Johnny, il padre di Foxfire, è diventato parte di un progetto di ricerca sui mutanti, finanziato dal governo. È morto in prigionia."

"Cosa?" Resto a bocca aperta, inorridita.

"Sono venuti a cercare Foxfire appena hanno capito che aveva una figlia. Chissà, può darsi che fossero interessati alla genetica dei mezzosangue. Quei tizi che hanno messo a soqquadro la tua roulotte non erano della mafia. Erano uomini che stavano cercando Foxfire."

Sento dei brividi gelidi lungo le braccia e sulla schiena. "Ma Tank l'ha protetta." Ritorno ai ricordi di due anni fa, e vedo i pezzi esplodere e tornare al loro posto.

"Esatto. I branchi stanno cercando e distruggendo questi laboratori. Abbiamo sentito dire che potrebbe essercene uno da queste parti, quindi il mio alfa mi ha assegnato una missione di controllo e ricerca. Per vedere se riesco a scovare qualcosa."

In genere cerco di non lasciami polarizzare nelle cose. Giusto e sbagliato, buono e cattivo sono tutti elementi soggettivi, sul serio. Voglio essere aperta nei confronti di tutte le prospettive. Essere un tutt'uno con la natura e l'universo.

Ma vaffanculo. Questi tizi hanno ucciso un uomo a cui volevo bene e sono venuti a caccia di mia figlia.

Sono sicuramente dalla parte del torto.

E l'unica cosa giusta che vedo qui consiste nel fare tutto quello che posso per aiutare a fare giustizia e salvare qualsiasi altro mutante possa trovarsi in pericolo.

Incrocio le dita e mi piego in avanti. "Bene, allora cosa stiamo cercando?"

"Stiamo?"

Rizzo la schiena. "Esatto. Queste persone hanno ammazzato il padre di mia figlia e hanno tentato di farla prigioniera. È ovvio che vi darò una mano a trovarli."

Titus annuisce. "Devo rispettare la tua scelta. D'accordo. Allora, tutti i laboratori sono stati organizzati in luoghi remoti: aree selvagge di proprietà del governo. In realtà i laboratori sono dei bunker di cemento. Si trovano all'interno di terreni recintati, con torrette di guardia e videocamere di sicurezza."

Qualcosa nelle sue parole mi risuona familiare. Ho sentito di un posto così nella Carson Forest. Chi me ne parlava?

Sgrano gli occhi di colpo. "Ce l'ho!" Mi alzo così velocemente dal tavolino da picnic che vado a sbattere con la sommità delle cosce contro il legno. "Ahi."

"Piano, sole mio." Titus mi afferra per il gomito ingessato e mi aiuta a mantenere l'equilibrio. "Che c'è?

"Sono uscita con questo tizio…"

Titus ringhia così forte da farmi quasi paura. Cioè, so che non mi farebbe mai del male, ma il mio corpo reagisce d'istinto e si immobilizza. La ferita che ho sul collo pulsa.

"Fermo," gli dico, rimproverandolo. "Era un idiota e me ne sono andata subito. Non mi stai ascoltando."

"Scusa." Titus scuote la testa, come se stesse riprendendo conoscenza. Fa il giro del tavolo e mi prende per la vita, sollevandomi dal tavolino come se non pesassi nulla. "Racconta."

"Ehm… wow. Pare tu abbia una forza sovrumana, eh?"

"Sì. Vai avanti."

Mi lecco le labbra, eccitata da quella dimostrazione di forza e perdendo momentaneamente il filo dei pensieri. "Ah sì, mi ha raccontato di essersi perso nella Foresta Nazionale Carson e di essersi imbattuto in questo edificio che sembrava del governo. Era sicuro che ci tenessero dentro gli alieni. Una di quelle storie cospiratorie segrete del governo. Ho pensato che stesse dicendo un sacco di boiate e ho sepolto questa storia fino ad ora."

"Sai dove esattamente?"

"No, ma potremmo chiederglielo. Lavora in un bar in città. Andiamo!" Raccolgo velocemente i nostri piatti e prendo tovaglia e vaso di fiori in un'unica bracciata.

Titus mi leva prontamente ogni cosa dalle mani e porta tutto in casa. Quando lo vedo al mio lavandino a lavare i piatti, vorrei saltargli addosso, ma non c'è tempo.

"Lascia stare i piatti, uomo-lupo. Andiamo a cercare questo laboratorio!"

Titus si volta e si acciglia, guardandomi da capo a

piedi. "Non mi sto per niente lamentando, ma penso che dei vestiti potrebbero essere una buona idea."

"Oh già!" Lo supero di corsa e lui mi assesta una sculacciata sul sedere, forte. "Ahi! Questa sì che è forza da mutante!" mi dico alle spalle, mentre corro verso il retro della roulotte per cambiarmi.

"No invece." La sua voce è allegra. "Tesoro, non userei mai la forza da mutante su di te."

"L'hai appena fatto!" esclamo, mentre mi infilo di corsa un paio di shorts e una maglietta corta. "Intendo là fuori. Mi hai sollevata come niente fosse."

"Intendo dire che non ti farei mai del male." Si porta a grandi passi al centro del caravan, la fronte corrugata come se non fosse sicuro che io lo sappia o meno.

Gli poso le mani – beh, una mano, più l'altra mezza ingessata – sul petto. "Lo so, uomo-lupo. Ti sto prendendo in giro. Dovresti provarci a volte. Allettarti… cioè, alleggerirti."

È ancora accigliato, ma mi stampa un bacio sopra al naso. "Ce l'ho, sole mio. Ho tutta la leggerezza che mi serve." Mi risolleva dalla vita, alzandomi da una parte e riappoggiandomi dall'altra.

"Ora ti stai solo mettendo in mostra."

Adoro il sommesso rombo della sua risata. "Beccato."

Titus

ANDIAMO in città con la mia Harley, più che altro perché ho bisogno di tenere il corpo di Sunny vicino al mio. Mi stringe le braccia attorno alla vita e preme la guancia contro la mia schiena, canticchiando sommessamente.

Almeno penso che stia canticchiando. È difficile sentire, sopra al rumore del motore, ma è quello che mi sembra. Una leggera vibrazione che mi va dritta all'uccello.

Guido la motocicletta da quando avevo otto anni, ma ora è completamente diverso, con Sunny a bordo. È un'umana. Fragilissima, cazzo. Un incidente, e potrebbe venirmi strappata via. È quello che temo da quando è finita in quello schianto all'inizio della settimana.

Non che io abbia mai avuto un incidente in vita mia. I miei riflessi sono acuti e ho i nervi stabili. Ma guido in modo diverso, sapendo di avere a bordo con me un carico prezioso. Controllo di più gli specchietti, mantengo più bassa la velocità.

Non riesco a vedere Sunny, ma percepisco il suo divertimento, e questo ha un effetto sul mio lupo. È soddisfatto, perché lo è lei. È una follia, ma è vero. E non si può negare l'euforia che provo ora che lui l'ha marchiata. Come una serie di bollicine di gioia che non la smettono di venire su.

Passiamo dal bar dove lavora il cazzone, ma non hanno ancora aperto, quindi andiamo a casa mia a fare una doccia, in modo che pure io possa cambiarmi. Quando esco dalla doccia, trovo dei vasi pieni di fiori freschi sul tavolo della cucina, sul tavolino del salotto e sul comò.

Sorrido e scuoto la testa incredulo. Sunny. Porta colore nel mondo ovunque vada. Folle meraviglia di donna.

La afferro alla vita e la tiro a me per un bacio. "Pronta?"

Mi sorride, carica di giovinezza come non mai. Immagino che questo sia l'effetto del buon sesso su una donna. "Pronta, omaccione. Andiamo."

Le rimetto di nuovo in testa il mio grosso casco e proseguiamo, anche se la destinazione non è lontana. Quando ci arriviamo, quasi mi soffoco quando vedo il sacco di merda con cui è uscita. Alto, magrissimo. Ambiguo. Stronzetto arrogante. Ma non ha importanza. Non è concorrenza per me. Lei me l'ha detto chiaramente.

"Larry, ciao!" Lo saluta con la mano e ci avviciniamo. È dietro al bancone, intento a riempire i secchielli del ghiaccio.

"Oh, ciao, Sunny." Mi guarda sospettoso.

Bene. È necessario che sappia che è occupata.

"Ehi, abbiamo una domanda per te."

La mia gratitudine per il suo uso del plurale è sorprendente.

"Ricordi quell'edificio del governo in cui ti eri imbattuto nella Carson Forest?"

Si illumina, come se questa fosse una storia che adora raccontare. "Il posto dove fanno le ricerche sugli alieni? Certamente! Cosa ti serve?" Sposta lo sguardo da Sunny a me con rinnovato interesse.

"Vorremmo andarci in moto e dare un'occhiata in giro."

Scuote la testa con fare autoritario. "Impossibile entrarci. Te lo dico io. Ci sono torrette di vedetta e guardie armate di mitra. La sicurezza è una cosa folle." Sembra avere voglia di lanciarsi nel racconto di tutta la storia, quindi lo interrompo.

"Le indicazioni per arrivarci, amico?"

"Non penso che vogliate davvero andarci. È il genere di posto da cui nessuno fa ritorno."

"Su questo potresti avere ragione," dico. "Ma sì, vogliamo assolutamente andarci. Puoi darci delle indicazioni stradali?"

Si china in avanti appoggiandosi agli avambracci e si lancia in un'avida descrizione di come arrivarci. Non riesco a sopportare la gente che fornisce troppe informazioni quando dà delle semplici indicazioni stradali: infanga il quadro generale e rende più difficile ricordare i punti salienti. Questo tizio fa così. Descrive nel minimo dettaglio ogni curva.

Afferro la penna e il blocchetto che sporgono dal suo taschino e li lascio cadere sul bancone tra noi. "Disegnami una mappa," gli ordino, usando il timbro da alfa autoritario.

Sorprendentemente, funziona. Tace e disegna la mappa, proprio come gli ho chiesto. "State attenti, ragazzi. Ehi, passate di qua, quando tornate, così so che state bene. In questo modo, se vi catturano, potete dire che qualcuno sa dove vi trovate e che la cosa verrà risaputa, se non farete ritorno." Sembra così immensamente soddisfatto di questa soluzione che ha escogitato, che annuisco.

"Sì, certo. Grazie." Agito il foglietto con la mappa.

"Ciao, Larry," dice Sunny allegramente, e non sono geloso neanche un po'. È impossibile che questo tizio le possa risultare attraente.

Le cingo comunque la vita con un braccio mentre usciamo, facendo capire che appartiene a me.

Fuori, alla motocicletta, poso una mano sotto al mento di Sunny. "Non penso sia una buona idea che tu venga."

"Fanculo. Sono coinvolta pure io. Mia figlia e suo padre sono stati presi di mira da questa gente. Pretendo giustizia." Incrocia le braccia sul petto e spinge il mento in fuori. "E poi siamo solo una coppia di piccioncini che vanno a farsi un giro, no?" dice allegramente. "Sono la tua migliore copertura."

Ha ragione. Ma odio l'idea di portarla nei pressi del pericolo. Andremo a fare un giro di perlustrazione. Se è come dice questo tizio, torneremo a casa e chiamerò il branco di Wolf Ridge per avere rinforzi.

Le infilo il casco in testa e monto in sella. "A bordo, tesoro. Vediamo cosa riusciamo a trovare."

≈

SUNNY

LA MAPPA di Larry era uno schifo e ci mettiamo quasi un'ora e mezza di avanti e indietro per trovare la strada non contrassegnata che ci ha descritto. Ma alla fine ce la facciamo. Titus nasconde la Harley dietro a un masso e proseguiamo a piedi. Mi tiene la mano e fa oscillare le nostre braccia insieme come se fossimo a un picnic o a un appuntamento.

Camminiamo per circa mezzo chilometro e poi sembra che la strada si interrompa.

Qui non c'è niente.

Titus cammina in cerchio. "Strada sbagliata?"

Sento la pelle d'oca alla base del collo. "No," mormoro. "Percepisco qualcosa di malvagio qui."

Inarca le sopracciglia.

Sono abituata alla gente che mi crede pazza quando dico cose del genere, quindi scrollo le spalle, ma lui scruta con maggiore attenzione gli alberi. "Da che parte?"

Il piacere che qualcuno mi creda mi fa svolazzare le farfalle dallo stomaco fino al petto. Chiudo gli occhi per sentire l'energia. Mi colpisce dritto da davanti. Riapro gli occhi e indico. Decisamente da quella parte.

Titus procede senza fare commenti. Entriamo nel fitto del bosco, nessun sentiero da seguire, niente. Non ha senso che un laboratorio sia qua in mezzo, oltre la strada. Il tipo di laboratorio descritto da Larry dovrebbe avere una vasta area adibita a parcheggio, piena di auto. Non dovrebbe esserci una strada chiusa che ti costringe a proseguire a piedi in mezzo alla foresta, senza neanche un sentiero da seguire.

Inizio a mettere in dubbio il mio intuito. "Forse mi sono sbagliata. Questa cosa non ha senso."

Titus scuote la testa. "Non penso che ti sbagli." Si volta a guardarmi e inizia a levarsi i vestiti.

"Oh! Ok." Non stavo realmente percependo il romanticismo in questo preciso istante, ma con Titus sono sempre pronta. La sua passione incendia il mio corpo. Faccio per sfilarmi la maglietta e lui resta immobile.

"Cosa stai facendo?" È completamente nudo ora, il suo corpo assomiglia a un'opera d'arte.

"Ehm…" Piego la testa di lato. "Tu cosa stai facendo?

Piega indietro la testa e scoppia in una fragorosa risata, che fa volare via tutti gli uccelli dai rami degli alberi. "Oh, tesoro. Mi piacerebbe un sacco scoparti addosso a quell'albero in questo momento, ma avevo intenzione di tramutarmi e annusare in giro. Sento meglio gli odori quando sono sotto forma di lupo."

Oh.

Arrossisco in viso. "Giusto. Decisamente. Chiaro."

Titus viene verso di me, il sesso eretto. "Perché hai deciso di mostrarmi queste?" Mette la mano su uno dei miei piccoli seni e sfrega il capezzolo con il pollice.

Mi dimeno, già bagnata per lui. "Titus, no. *Vai!*" Indico nella direzione da dove sento provenire il male.

Lui ride di nuovo. "Rimandiamo?" Mi sfiora le labbra con le sue.

Gemo. "Decisamente."

"Resta qui. Non ti muovere." In un lampo si tramuta in un lupo, le quattro grosse zampe posate a terra.

Lo guardo meravigliata mentre si allontana trotterellando, il naso appiccicato a terra, seguendo gli odori. Creatura bellissima. Mi sento per un momento onorata dal fatto che mi abbia mostrato il suo lupo. Che si sia fidato a confidarmi il suo segreto. Che mi abbia permesso di entrare a far parte di questa strana e privata società nella quale vivono lui e mia figlia. È un privilegio, davvero.

Scompare alla vista e io aspetto, ascoltando i rumori della foresta che mi circonda. Un paio di minuti dopo, sento un fischio.

"Sunny! Vieni a vedere qui!" lo sento chiamare.

Lascio gli abiti e gli scarponi di Titus e corro verso la sua voce. "Titus?"

"Da questa parte."

Devo fare il giro di un grosso masso per trovarlo – in tutto il suo nudo splendore – sul ciglio di un burrone.

Annaspo. Sul fondo, nascosto alla vista sopraelevata da naturali affioramenti rocciosi, si trova un bunker di cemento. Dall'altra parte si erge la torretta di guardia e si vede un'altra strada sterrata che conduce a quello che sembra essere un parcheggio sotterraneo.

"Eccolo qua!" Gli occhi di Titus brillano, azzurri, come nel lupo. La sua aura è di un coraggioso rosso-arancio. È pronto per la battaglia. "Non vedo né sento nessuno attorno, ma mi voglio avvicinare. Stai qui e tieni gli occhi aperti, ok?"

"Fai attenzione, Titus."

"Certo." Si tramuta e già sta procedendo a quattro zampe.

Dal mio punto sopraelevato riesco a seguirlo con lo sguardo per tutto il tragitto. Procede zigzagando lungo il declivio, balzando di roccia in roccia, fin sul fondo. Lì resta acquattato, nell'ombra, annusando attorno al perimetro.

Vorrei avere un cannocchiale. Non posso esserne del tutto sicura, ma non mi pare di vedere nessuno nella torretta di guardia.

Sono sorpresa di vedere che Titus corre dritto verso quella che sembra la porta d'accesso. Quando lo vedo entrare, inizio a correrabli dietro. Non lo lascerò entrare da solo in quel posto.

Scivolo giù dal versante della montagna, poi scendo lentamente da una sorta di parete rocciosa. Non è per niente facile come Titus l'ha fatto sembrare. Mi sto letteralmente arrampicando senza imbrago, e mi fa una paura da matti.

I sassi scivolano sotto di me e cadono di sotto, avvisandomi che sono ancora troppo in alto per poter sopravvivere a un'eventuale caduta. Muovo un piede. Una mano. Cerco di capire quale sia il modo migliore per procedere.

Cazzo, è davvero impossibile, con il braccio ingessato. Guardo in su, da dove sono venuta.

Merda. Non penso di poter neanche ritornare su da quella parte. E non posso più scendere. Piagnucolo.

"Sunny!"

Il sollievo mi pervade, sentendo la voce di Titus di sotto. Ma non oso voltarmi a guardare. Sono immobilizzata, appesa con tutte le mie forze, braccia e gambe che tremano, le dita che scivolano per il sudore. "Sunny, guardami."

Lentamente, molto lentamente ruoto la testa per guardarmi alle spalle e in basso. Titus è subito qua sotto, a circa sei o sette metri. Tende le braccia verso di me. È ancora nudo. Non penso che potrò mai abituarmi a questa cosa.

"Lasciati andare, tesoro. Ti prendo io."

Non esito neanche un po'. Mi fido completamente di quest'uomo, e voglio in tutto e per tutto accettare il suo aiuto. Mi lascio andare e cado, lanciando un gridolino, mentre il vento mi sferza la pelle. Sbatto contro Titus con un tonfo, ma lui abbassa le braccia e piega le ginocchia, facendomi oscillare per attutire la caduta. Gli stringo le braccia attorno al collo e gli bacio la guancia.

"Mi hai salvato!" sussurro.

"Questo non lo so," dice ridendo. "Ma cosa diavolo facevi, signorinella? Ti farò il culo rosso per avermi spaventato a morte."

Succhio il lobo del suo orecchio e lo lascio andare con uno schiocco. "Promesso?"

Mi posa delicatamente a terra e mi dà uno schiaffo sul sedere senza usare forza alcuna. "Graziosa, tesoro. Molto graziosa."

Mi giro e guardo l'edificio, sgranando gli occhi. Non ci sono porte. Anzi, sembra che una bomba sia esplosa dove c'erano le porte. "Cos'è successo? È vuoto?"

Annuisce. "Sì, ma era sicuramente un laboratorio per mutanti. Si sente uno strano odore misto di mutante dappertutto, all'interno."

"Cosa intendi con strano odore misto di mutante?"

Mi prende per mano e mi porta verso l'edificio. "Animale non identificato. Facevano esperimenti per trasformare gli umani in mutanti. Modifiche genetiche. Gli esperimenti non sono sempre andati a buon fine. Ci sono questi tizi che vengono da un laboratorio della California che sono... strambi. Uno è un gufo, penso. Gli altri due... non ne sono neanche sicuro. Due specie di cani, forse?" Scuote la testa. "È davvero tragico, cazzo."

"Oh, dei del cielo."

"Già. È una meraviglia che anche solo riescano a cavarsela, dopo tutto quello che hanno passato."

Ci fermiamo davanti all'ingresso "Cosa pensi che sia successo qui?"

"Sembra che questo laboratorio sia già stato preso d'assalto, ma non siamo stati noi. L'hanno comunque preso con la forza, questo è poco ma sicuro."

"Già."

Entriamo nel buio, e la cosa non sembra minimamente preoccupare Titus.

"Sei sicuro che non ci sia nessuno qua dentro?"

Mi stringe la mano. "Sicurissimo. Ho pensato che ti avrebbe fatto piacere dare un'occhiata in giro, ma possiamo tornare fuori se hai paura. Posso tornare più tardi a controllare sul serio e vedere se ci sono altri indizi. Da quello che vedo, è stato tutto svuotato e distrutto. Non ci sono attrezzature, dati, cartelle. Niente. È solo un bunker fatto saltare per aria e svuotato, con gabbie e celle."

Rabbrividisco, sentendo la disperazione, il terrore e il male che mi assalgono da ogni angolo. Ci sono delle entità nell'ombra qui, probabilmente i fantasmi dei soggetti da laboratorio ormai morti, ma sono troppo spaventata per riconoscerli davvero.

"Sì, torniamo indietro. Ad ogni modo, non riesco comunque a vedere niente."

Titus si ferma. "Oh, merda. È vero. Scusa, tesoro. Me n'ero dimenticato."

Torniamo sui nostri passi e sono sollevata quando siamo di nuovo alla luce.

Fino a che non vedo tre uomini vestiti di nero che vengono verso di noi con le pistole puntate.

CAPITOLO OTTO

Titus

UN RINGHIO mi esce dalla gola e mi tramuto prima di avere un secondo per pensare. Il bisogno di proteggere Sunny è troppo forte. Il mio corpo di lupo si para davanti a lei, spingendola indietro.

Il mio cervello non sta ancora lavorando: sono in completa modalità-combattimento, pronto a squartare le gole di questi uomini.

Uno di loro ride come se il fatto di uccidermi lo diverta un mondo.

Un altro fa un passo avanti. "*Tramutati, lupo.*" Le parole entrano nel mio corpo e mi riverberano dentro. C'è un'autorità alfa in esse. Richiamano la mia attenzione, anche se non voglio obbedire.

La cosa aiuta il mio cervello a tornare in funzione.

Mutanti.

Questi tizi sono mutanti.

Il che non significa necessariamente che siano amici.

Ma i loro odori sono familiari. Questi sono i lupi che erano davanti a casa di Sunny ieri sera.

"*Tramutati, lupo*," ripete.

Mi tramuto, più calmo questa volta. Un po' più capace di pensare. Ma tengo comunque il mio corpo davanti a quello di Sunny, in modo da proteggerla da loro.

"Cosa ci fate qui?" chiede l'alfa.

Socchiudo gli occhi, insicuro su quanto dire.

Sunny si sposta da dietro di me, le mani sui fianchi. "Sappiamo cosa state combinando!" afferma. "Lo sappiamo, e non siamo i soli. Fate esperimenti sui mutanti. Li rapite. Andate a caccia dei loro figli. Non vi permetteremo di passarla liscia."

L'alfa inarca un sopracciglio.

"Sunny," dico a voce bassa. "Questi tizi sono i lupi che abbiamo visto fuori da casa tua ieri sera."

"Oh." Sgrana gli occhi e torna al mio fianco. Le poso un braccio attorno alle spalle. "Beh, e allora che ci fanno qui?"

Le labbra dell'alfa si piegano di lato. Ha i capelli neri e la pelle scura di un nativo americano. Uno degli altri uomini ha un aspetto simile, sembrano quasi parenti. È giovane per essere un alfa, avrà al massimo una trentina d'anni. "L'ho chiesto prima io."

"Abbassate quelle armi dalla mia femmina," ordino, anche se sono in minoranza e disarmato. Sono lupi. Dovrebbero sapere che un lupo accoppiato non si ferma davanti a nulla per proteggere la sua femmina, e l'odore del mio morso dell'accoppiamento trasuda da Sunny. Anche se si tratta di scontrarsi contro tre lupi molto più giovani e bene armati.

L'alfa annuisce e le pistole vengono abbassate. "Parla."

"Mi hanno mandato a cercare informazioni su questo laboratorio. Il nostro branco ha sentito dire che nel Nuovo

Messico c'è un laboratorio ancora operativo. A quanto pare è già stato chiuso."

"Il tuo branco ha mandato un vecchio lupo e una femmina umana a manomettere un laboratorio?" chiede uno di questi tizi con tono derisorio.

Alzo il labbro e ringhio nella sua direzione.

"Cosa sai di laboratori come questo?" chiede l'alfa.

Studio i lupi ancora un po' e mi sento più a disagio. Saranno anche mutanti, ma si comportano come militari. Come Nash, il mutante che è arrivato dal laboratorio appena fuori San Diego. Hanno la postura di soldati: le spalle aperte, il petto in fuori. Grossi muscoli visibili attraverso le magliette nere che indossano. Le pistole che portano non sembrano armi civili, anche se non è che sappia molto di armi da fuoco. E di certo sanno come usarle. Non sono come malviventi che si sono procurati delle grosse pistole al mercato nero. Sono piuttosto dei professionisti, dotati di cura e rispetto.

È possibile che questi uomini lavorino per il governo? Potrebbero davvero fare parte di questo programma? Magari ne sono il risultato?

Socchiudo gli occhi. "Tu cosa ne sai?" ribatto.

Mi guarda a lungo. "Conosco chi ha smantellato questo laboratorio." Il suo sguardo mi fissa, penetrante.

Mi rilasso. "Siete stati voi?"

Annuisce.

"Io conosco chi ha fatto fuori laboratori come questo in California e nello Utah," gli dico.

Ancora un solo cenno di assenso. "Il tuo branco?"

"Un branco esteso, sì."

"Quindi sai cosa faceva qui? La Data-X?" Alza il mento e fa un cenno in direzione dell'edificio.

"Purtroppo sì. Ci sono stati dei… sopravvissuti?"

Mi scruta per un altro lungo momento, come se stesse

ancora riflettendo se fidarsi o meno di me. "Sì. E hanno bisogno di essere ricollocati. Non possiamo tenerli qui al sicuro ancora a lungo. Taos è troppo piccola."

Mi passo una mano sulla barba. "Parlerò con il mio alfa, ma sono sicuro che potranno essere sistemati in Arizona: a Tucson o a Phoenix, o entrambe. C'è un sacco di spazio e possibile occupazione, se cercano asilo."

L'alfa avanza e mi porge la mano. "Rafe Lightfoot."

"Titus Brown. E lei è Sunny Hines. Il padre di sua figlia è stato ucciso in uno di questi laboratori."

"Spiacente per la tua perdita." Rafe le offre la mano e lei gliela stringe. A me dice: "Chiedi al tuo alfa. Non intendo esporre questi mutanti a niente e nessuno di nuovo, a meno che non mi sia data la sicurezza che riceveranno completa assistenza."

Annuisco, segnalando la mia conferma, e tiro fuori il telefono.

Il mutante che prima mi ha preso in giro sbuffa e mi rendo rapidamente conto del motivo. Il cellulare non prende qui. Zero tacche.

"Dammi il tuo numero di telefono," dico a Rafe.

Non si muove. La sua abilità di rimanere perfettamente immobile è snervante. Quello che sono quasi certo essere suo fratello ha la medesima maestria. "Fissiamo un incontro. Bar Ramirez, ore sedici."

Se avevo qualche dubbio sulla loro formazione militaresca, ora è svanito. "Chi siete, ragazzi?" chiedo.

"Non siamo nessuno," risponde. "E quando sarà finita, ti chiederò di dimenticarti di averci mai incontrati."

Scrollo le spalle. Posso accettarlo. Se fanno parte di un'organizzazione operativa segreta che lotta contro le atrocità sovvenzionate dal governo, non intendo protestare. "Alle sedici. Bar Ramirez."

"Esatto. Possiamo darti un passaggio alla tua moto,

visto che la tua femmina ha avuto qualche difficoltà a scalare quelle rocce."

Lo dice con tono tranquillo, quindi non mi offendo, ma poi il mutante che ha fatto lo stronzo fin dall'inizio aggiunge: "Sarà meglio che ti fai controllare il naso. Lo sai che hai marchiato un'umana, vero?"

Non penso. Ringhio e basta e mi lancio addosso all'uomo, ma gli altri due mi afferrano e mi tirano indietro. Sono abbastanza forti da contenermi, ma lotto fino a che Sunny non scivola davanti a me e mi posa un palmo sul petto. Il mio lupo si calma all'istante.

"Non badare a Deke," mormora Rafe. "È sempre alla ricerca di una zuffa."

La risata di Deke è leggermente maniacale. Ok, questo tizio ha una o due rotelle fuori posto. Non è un mio problema.

Rilassati, e ti lasceranno andare.

"Parla ancora della mia femmina e sei morto," lo avverto.

Fa un sorriso che va da un orecchio all'altro e mi strizza l'occhio.

Pazzo bastardo.

Sunny ha ancora la mano appoggiata sul mio petto e mi spinge indietro, quindi sposto la mia attenzione su di lei. Dove è bene che stia, ad ogni modo.

L'altro uomo tende la mano. "Lance. Sono il fratello di Rafe." Un altro mutante di poche parole.

Gli stringo la mano e annuisco. Sunny offre la sua con il solito sorriso radioso. Nessuno di noi si offre di stringere la mano a Deke.

Ci accompagnano a un'auto che probabilmente costa quanto una piccola casa. È la versione Mercedes di un Hummer. Vorrei che mi facesse schifo, ma devo ammettere che è davvero bella.

"Prendi, amico. Non voglio che appoggi il tuo culo nudo sul mio sedile." Deke mi lancia un asciugamano e me lo avvolgo attorno alla vita.

Ci portano fuori dalla piccola gola e arrivano al vicolo cieco dove ho lasciato la Harley. I miei vestiti sono poco più in là.

"Ci vediamo oggi pomeriggio," dico, mentre monto a bordo e porgo la mano a Sunny per aiutarla a sedersi.

"Ok."

CAPITOLO NOVE

Sunny

APPOGGIO la testa contro la schiena di Titus e ripenso a ciò che è appena successo.

Sentire le frecciate che quello stronzo ha lanciato a Titus mi ha fatto andare fuori di testa. Non per me, ma per conto del mio lupo. Non c'è da sorprendersi che si sia dimostrato così *irraggiungibile* per me. Il mio istinto non si sbagliava. Siamo letteralmente due specie diverse.

E quelli come lui lo prendono in giro per essersi messo con me.

Forse, nonostante siamo attratti l'uno dell'altra e nonostante ci vogliamo bene, una relazione tra noi è impossibile.

Non ci voglio pensare adesso, però, quindi scaccio il pensiero dalla testa. Titus è ancora qui per svolgere un lavoro, e intendo dargli una mano. Dopodiché, potremo parlare.

Torniamo a casa di Titus e lui chiama il suo alfa per

fare rapporto. Non sto tentando di origliare, ma noto che parla solo al singolare.

Il soggetto delle sue frasi non è *noi*.

Non ha per niente menzionato la mia presenza.

Lo metterebbe nei guai?

O si tratta piuttosto di... imbarazzo? Come se fossimo al liceo e non sia il massimo frequentare quella stramba?

La ragazza che mi sono davvero sforzata di non essere al liceo, in modo da poter conquistare il cuore e la mano di Jack.

Siamo come una coppia di due razze diverse, cento anni fa, dove io gli piaccio in privato ma non vuole che ci vedano insieme in pubblico?

Non ci sto. Mi ci è voluto un po' di tempo, ma alla fine ho accettato ciò che sono. Non voglio stare con nessuno a cui non piaccia prendere la confezione completa. Geni umani e tutto il resto.

Ma quando Titus mette giù e stringe un grosso braccio attorno alla mia vita e mi bacia il collo, mi sciolgo.

Ancora un po' soltanto. Non sono ancora pronta a lasciarlo. Il sesso è troppo bello. Sentirsi apprezzata e protetta è estremamente delizioso.

Resterò fedele al mio piano di risolvere questa cosa.

"Il mio alfa ha accettato di accoglierli tutti," dice Titus, le labbra ancora incollate al mio collo. "Noleggerò un pullman per portarli tutti in Arizona, se vogliono andarci. Vuoi venire anche tu? Potresti fermarti a Tucson per vedere i ragazzi."

Dico *sì*, ma non è perché non sono pronta a chiudere tra di noi.

Per niente.

E sono sempre entusiasta di vedere Foxfire. Le telefono per raccontarle la novità. Anche se non poterle rivelare quello che so di lei è una tortura.

"Ciao, Sunny!" dice rispondendo.

"Foxfire, tesoro! Come stai?"

"Tutto bene. E a te come va?"

"Molto meglio, tesoro. I lividi stanno guarendo e il braccio non fa più male neanche un po'. Titus si sta davvero prendendo cura di me."

"Quindi è ancora con te?"

"Sì, è ancora qui. E verrò in Arizona con lui quando parte, fra un paio di giorni. Voglio vedervi tutti e due."

"Bene, Sunny. Ho anche una buona notizia per te."

Sussulto, sentendo il cuore che fa una capriola nel petto. "Oh, dei del cielo! Sei incinta?"

"No, no, no, no, no. Sunny, no. Ti ho già detto che neanche ci stiamo provando. Ma si tratta comunque di un bambino."

"Quale bambino?"

"Ricordi Jordy, la sorella di papà, nello Utah?"

"Sì, certamente. Non l'ho mai conosciuta, ma ricordo che Johnny ne parlava." Sussulto ancora, mentre man mano capisco. "È incinta?" Non posso farne a meno. Mi esalto quando si parla di bambini, anche quando si tratta di qualcuno che ho visto solo una volta e che abita nello Utah.

Foxfire ride. "Sì, a dire il vero! È saltato fuori che è finita a Tucson. Si è accoppiata… cioè, sposata con questo tizio grande e grosso che si chiama Grizz, e ora sono in attesa del loro primo figlio."

"Oh, dei del cielo, è magnifico! Li voglio vedere quando sarò lì. Magari possiamo organizzarle una festa di benvenuto per il bimbo? Voglio dire, dopotutto siamo la sua famiglia!"

"Scommetto che ne sarebbe felicissima, Sunny. Vedo se riesco a organizzare qualcosa all'ultimo minuto. Quando arrivi, esattamente?"

"Non ne sono sicura, ma ti faccio sapere. Tra un paio di giorni al massimo, immagino. Titus sta organizzando tutto."

Mi fa davvero male non poterle dire tutto ciò che sta succedendo. Sono tremenda a mantenere i segreti. Ma i segreti di Titus sono importanti per me, quindi devo onorarlo.

"Ottimo, Sunny. Non vedo l'ora di vederti."

"Anche io, tesoro. Ciao!"

Riaggancio e guardo raggiante Titus, che mi sta fissando con espressione interrogativa. "La zia di mia figlia è a Tucson con un tizio che si chiama Grizz, ed è incinta!"

Il sorriso di Titus è completamente accondiscendente. Mi bacia sulla sommità del capo. "Fantastico, sole mio. So che adori i bambini."

Mi accoccolo contro di lui e appoggio la testa sul suo petto. Cerco di ignorare quanto la sensazione sia perfetta.

Titus

Io e Sunny incontriamo i lupi di Taos nel luogo e all'ora stabilita.

"Ciao, ragazzi!" Sunny mostra sempre il suo sorriso abbagliante e agita il braccio dalla porta.

Sono in quattro, seduti a un tavolo nell'angolo, e sorseggiano della birra. Sono gli stessi tre che abbiamo già conosciuto e un altro che mostra lo stesso aspetto militaresco.

Si voltano a guardarci. Rafe fa un gesto quasi impercettibile, alzando appena il mento.

"Ehi," prova di nuovo Sunny quando ci sediamo. Si

china verso il tavolo e tende la mano verso il tizio che non conosciamo. "Sono Sunny."

È più giovane degli altri, probabilmente verso i trenta, con il bell'aspetto di un Capitan America. "Channing." Il suo sorriso, con tanto si fossette, è radioso come quello di Sunny.

Un ringhio sommesso mi sale dalla gola quando le prende la mano, e si ritrae subito. "Nessuna offesa, grigione."

All'inizio penso si stia riferendo alla mia barba, ma poi mi rendo conto che lui era il quarto lupo fuori dalla roulotte di Sunny durante la luna piena.

Normalmente, dopo che un lupo ha marchiato la sua compagna, l'estrema possessività e gelosia si attenuano. Non so perché la mia sembri essere peggiorata. Forse perché, nonostante l'abbia fatta mia, non ho ancora capito come tenermela stretta.

Rafe spinge una caraffa di birra e due bicchieri vuoti verso di noi, senza dire una parola.

Tipo silenzioso.

Ancora una volta sono sconcertato dalla sua immobilità. Faccio come lui e non parlo, versando un bicchiere di birra per me e uno per Sunny, bevendone poi subito un lungo sorso.

"Ebbene?" chiede Rafe.

"Li prendiamo tutti. Non ci sono problemi. Mi occupo io del trasporto."

Rafe piega la testa di lato. "Non sai quanti sono."

"Non ha importanza. L'alfa Green sistemerà le cose comunque. Suo figlio possiede locali e appartamenti in tutta Tucson. E il branco ha anche un birrificio a nord di Phoenix. Possiamo trovare loro un lavoro. Integrarli. Aiutarli con i loro disturbi post-traumatici da stress.

Lance annuisce. "Bene. Hai idea di ciò che stanno passando."

"Conosco alcuni soggetti che sono usciti dal laboratorio in California. Sono a posto... ma a malapena. Sono realmente paranoici e scattosi. Decisamente lesionati." Penso a Declan, Laurie e Parker e scuoto la testa. Sono decisamente dei personaggi unici.

"Bene," ripete Lance.

"Abbiamo una ventina abbondante di rifugiati," mi dice Rafe. "Li abbiamo accolti sei settimane fa, quando abbiamo localizzato il laboratorio e l'abbiamo smantellato. Sono attualmente accampati qui nei paraggi."

"Una ventina abbondante. Ok. Posso noleggiare un pullman e portarli a Phoenix."

Rafe annuisce.

Quando mi rendo conto che siamo di nuovo in silenzio, decido di ottenere qualche risposta a delle domande. "Allora, lavorate per il governo?"

"Forniamo servizi a pagamento. Ex soldati dell'esercito. Ma l'ordine di far chiudere il laboratorio è venuto dal governo, sì."

Io e Sunny ci guardiamo, assimilando la notizia.

"Sì, se quando eravamo nell'esercito avessimo saputo che esisteva una cosa del genere, probabilmente avremmo disertato tutti quanti all'istante," dice Channing. È chiaramente l'unico loquace del gruppo. "Perché quello che abbiamo trovato in quel laboratorio era davvero una brutta cosa."

Tutti e quattro annuiscono, i loro sguardi velati da qualcosa di disperato.

"Una brutta cosa," conferma Deke, e si porta alle labbra la sua birra, svuotando l'intero bicchiere in pochi sorsi.

"Allora come mai il governo vi ha mandati a chiuderlo con la forza, se era un loro laboratorio?" chiede Sunny.

Rafe scuote la testa. "Non ci hanno dato un sacco di informazioni, ma da quello che ho capito si trattava di un progetto in joint-venture tra il governo e un'industria privata."

"La Data-X," suggerisco.

"Esatto. I pezzi grossi della Data-X sono stati eliminati. Immagino a opera della tua rete."

Annuisco.

"Il governo ha deciso di chiudere il progetto ed eliminare ogni prova di ciò che è rimasto."

Un brivido mi scorre lungo la spina dorsale. Questi tizi sono assassini assoldati dal governo?

Non avendo alcuna voglia di scoprirlo, mando giù la mia birra e mi alzo in piedi. "Mi organizzo con il pullman. Quando possiamo incontrare i rifugiati?"

"Facci sapere quando avrai prenotato il pullman, e ti daremo la location," dice Rafe.

Riesco appena a trattenermi dal ruotare gli occhi al cielo, per il loro modo di nascondersi e mascherare ogni cosa. "Questa volta posso avere almeno un numero di telefono?"

"Sì." Rafe accende il suo cellulare.

Tiro fuori il mio e in quel momento mi arriva un messaggio.

"Sono io," mi dice.

Non mi curo neanche di chiedergli come ha fatto ad avere il mio numero. Probabilmente questi tizi sanno già tutto quello che c'è da sapere su di me, su Sunny e sul mio branco.

Sunny non è frenata dalla loro reticenza. "Allora, qual è lo scoop? Eravate per caso degli agenti speciali?"

Tutti e quattro la scrutano, il che mi fa capire che è andata a segno. Il suo intuito è sempre ai massimi livelli.

"Agenti speciali mutanti," dice Channing sorridendo e sorseggiando la birra.

Gli occhi di Sunny si illuminano e china il busto in avanti. "Eravate tutti tipo agenti della CIA mutanti? Marines? Forze speciali?"

"Qualcosa del genere," bofonchia Rafe.

"E ora che siete andati in pensione, siete un branco?" chiede allegramente.

"Qualcosa del genere," risponde Deke.

"Siamo una società: Black Wolf Security," spiega Channing.

Gli altri tre lo guardano.

"Che c'è? Non è un segreto."

"Bisogna dirti tutto," dice Deke canticchiando.

"Siamo una società legale. Rafe ha comprato un *quartier generale*."

"Comunque," dice Rafe, "profilo basso."

Profilo basso, il minimo delle parole. Sto iniziando a capire questi tizi. E anche se penso che siano dalla parte dei buoni, sono anche sicuro che siano circondati dal pericolo. E al mio lupo non piace che Sunny si trovi nei pressi del pericolo.

Mi alzo in piedi e porgo la mano a Sunny. "Ci sentiamo, allora."

Rafe annuisce. Channing alza il bicchiere. Deke e Lance restano immobili.

Mentre ci allontaniamo, scuoto la testa. Non sono sicuro di aver mai incontrato un branco più strambo, dopo che quei tre matti sono arrivati dalla California.

E avevano delle buone ragioni.

Ovviamente ne hanno anche questi tizi, ma dubito di voler sapere di cosa si tratti.

CAPITOLO DIECI

Sunny

INFILO UNA BOTTIGLIA di vino e un cavatappi nel cestino da picnic, insieme al nostro pranzo, e monto a bordo del mini-van, dirigendomi poi verso casa di Titus. È il nostro ultimo pomeriggio a Taos, prima di andare a Phoenix con i rifugiati, e intendo godermelo al massimo.

Sto ignorando i segnali dell'ansia che mi scorrono attraverso man mano che ci avviciniamo alla fine di tutto.

Non ci voglio pensare. Non voglio rinunciare a lui. Stare con Titus è meraviglioso.

È giusto.

E ogni volta che sto con lui, la sua aura diventa rosa.

Mi ama.

Non l'ha detto, ma è evidente.

E io provo la stessa cosa.

Lo trovo seduto fuori da casa sua, ad aspettarmi. Appena arrivo, si alza in piedi.

"Ehi, omaccione," lo saluto, mentre salto giù e gli mostro il cestino da picnic.

"Che cos'è?" Me lo prende di mano. Non gli ho spiegato i miei piani, ma gli ho solo detto che volevo mostrargli una cosa oggi pomeriggio.

Lo guardo raggiante, scrutando il suo volto bellissimo. "Andiamo a fare un picnic alla cascata," gli dico.

"C'è una cascata?"

"Sì. E ci andiamo. Con la tua moto," gli dico. "Sarà più facile e molto più divertente." La strada che sale alla cascata è un po' dissestata.

Titus mi rivolge un sorriso sghembo. È come se sorridere non gli fosse comune e la sua bocca stesse facendo fatica a ricordare come si fa. "Mi pare una buona idea." Lega il cestino da picnic dietro alla moto e montiamo entrambi in sella. Gli do le indicazioni e canticchio sommessamente mentre la moto sale in mezzo agli alberi sulla sconnessa strada sterrata.

Alla fine arriviamo al cancello, dove lui parcheggia e prende il cestino da picnic. "Non è tanto distante," prometto. "Una passeggiatina."

"Non posso certo spaventarmi per una camminata," dice Titus ridendo. "Non occorre che mi indori la pillola." Mi prende la mano.

Lo guardo, ammirando l'alone rosa e oro che lo circonda. La felicità nei lineamenti del suo viso. Sembra cambiato da quando è arrivato qui la scorsa settimana, e so che è a causa mia.

A causa nostra.

Quindi non mi posso accontentare? Non posso concedermi questa felicità, una relazione vera e duratura, una volta tanto?

La gioia che mi frizza nel petto dice di sì.

"Allora, cosa c'è dentro a questo cestino?" Titus se lo solleva sulla spalla e mi prende per mano.

"Sono contenta che tu me l'abbia chiesto. So che i lupi sono carnivori, ma sei anche umano, quindi tutta quella carne non può farti benissimo. E allora ho preparato tutta roba vegana!" Gli rivolgo un luminoso sorriso alla Sunny.

"Donna," ringhia.

"Sto scherzando. Ho preparato della carne. Un sacco di carne. Ma ho fatto dei muffin vegani, e dovrai mangiarne uno."

Sbuffa.

"Titus." Corro in avanti, salendo su un masso e voltandomi a guardarlo. Quando siamo occhi negli occhi, gli dico con tono cupo: "Adorerai il gusto dei miei muffin."

Scuote la testa.

"Cosa c'è?" gli chiedo, anche se so che ruoterà gli occhi al cielo per il mio comportamento folle.

"Sei troppo carina," dice, e quando lo guardo confusa, mi tira a sé per un bacio. "Mangerò tutto il tuo muffin, diamine," promette. Rabbrividisco.

Seguiamo il torrente controcorrente, fino a che arriviamo alla parete rocciosa con l'acqua che scende dall'alto. A volte è solo un rivoletto, ma abbiamo avuto un sacco di neve quest'anno, quindi il livello dell'acqua è altissimo.

"Bellissima," mormora Titus.

"Vero?" Lo chiamo in cima a un masso, dove apriamo il cestino e lui stappa la bottiglia di vino, versandolo in due piccoli vasetti che ho preparato.

"Cin cin," dice sottovoce, sollevando il bicchiere verso di me.

"Brindiamo a…" Mi fermo e deglutisco. Vorrei dire *a noi*. O *alle seconde possibilità*. Ma se si trattasse effettivamente di un brindisi d'addio?

"Alle possibilità future." Lui mi guarda negli occhi e

sostiene lo sguardo come se stesse tentando di dirmi qualcosa. Come se volesse esplorare le nostre possibilità future.

Lo voglio anche io.

"Alle possibilità future." Faccio tintinnare il bicchiere contro il suo. "Con te." La seconda parte è appena un sussurro, ma lo sente. Probabilmente ha anche un super-udito. Mi prende dietro al collo e mi tira a sé per uno di quei suoi baci possessivi. Di quelli che mi consumano, che mi incendiano, che mi rivoltano come un calzino. La sua lingua nella mia bocca, le dita che mi accarezzano in mezzo alle gambe.

Gemo.

Mi tira sopra di sé, in modo che sia a cavalcioni del suo grembo, seduta. Una mano si schiaccia contro il mio seno, l'altra mi tiene ancora ferma la testa. Per tutto il tempo, le labbra continuano a muoversi sulle mie con la passione che sa sempre tirare fuori.

Sono già bagnata per lui. Già vogliosa. Mi sfilo la canottierina e lo faccio ringhiare, gli occhi che brillano, azzurri.

Si guarda attorno con ferocia, come se avesse intenzione di fare a brandelli chiunque si trovasse nei paraggi e mi potesse vedere così.

"Siamo soli, Titus," mormoro. "Quasi nessuno sa di questo posto."

"Vuoi cavalcare Spartaco, angelo?" Mi tira dai fianchi, facendomi strusciare contro il grosso bozzo che ha nei pantaloni.

Faccio le fusa. "Dammelo, omaccione."

Geme e libera la sua erezione, mentre io mi alzo in piedi e mi sfilo i pantaloncini. Sono del tutto nuda, in mezzo alla natura: una delle mie cose preferite. E con l'uomo che amo.

Dio del cielo, è vero?

Sì, assolutamente. Amo Titus.

Con questo pensiero gioioso in testa, mi rimetto a cavalcioni del mio uomo e mi abbasso, affondando sulla sua erezione.

Gemiamo entrambi per il piacere. È grandissimo – lo è sempre – ma l'allargamento è davvero meraviglioso.

Mi lascia controllare il gioco, mentre mi metto comoda e faccio del mio meglio per aggrapparmi alle sue spalle con il braccio sano. Poi mi stringe il sedere nudo e prende il comando. Mi alza sul suo uccello e mi ritira giù, in un bellissimo movimento ritmato. Un andamento circolare che mi fa girare la testa per il piacere.

"Sì, Titus," lo incoraggio.

Come se quest'uomo avesse bisogno di incoraggiamento.

Ma cavalchiamo insieme l'onda, gli occhi collegati tra noi, in una sorta di meditazione tantrica. Il tempo si ferma. La cascata si ferma. Non c'è altro che i nostri due cuori che battono insieme, i nostri due corpi che si fondono e si separano in perfetta sintonia.

"*Ecco*," mormoro, meravigliata.

"Che cosa, tesoro?"

"Nirvana," annaspo.

L'abbiamo trovato. Il più elevato stato di consapevolezza. Di estasi. Di piacere.

Titus mi stringe più forte il sedere, le dita che affondano nella carne. Dà una sculacciata a una natica.

Il tempo riparte. O forse dovrei dire che il timer della bomba inizia il suo conto alla rovescia.

Il bisogno mi lambisce come una serie di fiamme.

Devo venire.

Ora.

"Sunny," dice Titus con voce roca, quasi rude. La sua espressione è quasi di dolore.

"Pronto?" dico annaspando.

"Sì, cazzo.!" Mi spinge giù con forza, e ruota le anche all'insù per venirmi incontro. Sto rimbalzando sul suo grembo, i miei piccoli seni che vibrano, il mio respiro interrotto da ogni magica spinta.

"Ti prego," gemo, anche se so che sto per venire.

"Cielo, sì!" grida.

Rimbalzo più su. Le mie palpebre sbattono rapidamente mentre perdo l'abilità di concentrarmi. Di respirare. Di ricordare come mi chiamo.

E poi veniamo tutti e due. Le mie grida si mescolano con il suo ruggito, riecheggiando contro le pareti del canyon e tornando a noi sotto forma di riverberazione del nostro orgasmo che ci fa vibrare il corpo.

Quando smettiamo di muoverci, crollo addosso a lui, tra le sue braccia, la testa sulla sua spalla, incapace di tenerla sollevata.

Quando torno in me, Titus mi sta cullando lentamente da un lato all'altro, mormorando. "Bellissima femmina. Meravigliosa e magica femmina."

Ho la sensazione che il mio cuore possa esplodere.

E poi lo so con assoluta certezza…

Il mio amore è ricambiato.

CAPITOLO UNDICI

Titus

Cɪ ᴛʀᴏᴠɪᴀᴍᴏ con il pullman a noleggio e i rifugiati mutanti la mattina dopo in un parcheggio sterrato all'incrocio di tre strade statali. Il branco del lupo nero arriva con due Humvee e la Mercedes G63 di Deke. Qualsiasi siano – o siano stati – i loro lavori, hanno un sacco di soldi.

I rifugiati smontano dai veicoli. Anche se ad oggi sono liberi da sei settimane, le loro espressioni sono ancora scioccate e sospettose. Colgo i loro odori strani e mescolati: un miscuglio di animali, una cosa del tutto illogica. È proprio come i tre disadattati della California. L'alfa Green ha chiesto loro di venire a Wolf Ridge per aspettare il pullman, in modo che questi nuovi rifugiati incontrino altri mutanti che hanno passato la loro stessa esperienza, a cui rivolgersi per aiuto o con cui costruire un legame di fiducia.

"Forniremo un accompagnamento fino all'Arizona," mi dice Rafe. "Per essere sicuri che siate al sicuro."

Gli stringo la mano. "Grazie."

Una giovane femmina viene avanti con un coniglietto in mano. Ha la testa piegata, il caschetto scuro che le fa da alone attorno alla faccia. Sta mormorando sottovoce all'animale.

"Oh, che dolce!" cinguetta Sunny. "È ferito?"

La femmina solleva lo sguardo sorpresa, poi riabbassa la testa. La sua pelle scura brilla mentre culla la creaturina. Mi viene in mente una principessa Disney. Nessuno batterebbe ciglio se di colpo si mettesse a cantare qualcosa. "No, lo sto solo salutando."

Sunny sorride, come se fosse la cosa più normale del mondo.

"Spero che non ti diano fastidio gli animali," mormora Rafe. "Allison ha fatto amicizia praticamente con ogni creatura della zona. Addirittura gli animali da preda venivano alle nostre porte." Scuote la testa, ma la gentilezza e l'affetto di fondo traspaiono dalla sua espressione. Come se davvero avesse imparato a conoscere e apprezzare questi mutanti.

L'ultima delle mie riserve sul suo conto scompare.

"Cazzo, Allie, ti porti dietro tutto lo zoo?" Una mutante bassa e pallida, con un anello al naso e una cresta di capelli neri, si avvicina con passo pesante. Incrocia le braccia muscolose sul petto e la luce del sole si riflette sul grosso coltello da caccia che si porta dietro.

Mi porto tra lei e Sunny.

"Non essere sciocca, Fiona," dice Allison, posando a terra il coniglio. "Vai," dice all'animale, convincendolo a saltellare via. Allison va verso Fiona e le cinge la vita, posando la testa sulla spalla della donnina dark, ignorando il coltello.

"Grazie al cielo, cazzo," dice Fiona con affetto, stringendo il braccio libero attorno alle spalle di Allison. "Ti adorano, ma ogni volta che mi capitano vicino, si pisciano sotto. Ti compro un animale di peluche all'autogrill."

Rafe si schiarisce la gola. "Chi ha mai detto che avrete il permesso di smontare dal pullman quando si fermerà a fare rifornimento?"

"Deke, a dire il vero." Fiona fa un gesto con il mento in direzione del lupo pazzo. "Gli ho detto che Allison si mette a piangere se non può comprarsi un portachiavi di Taos. Me l'ha promesso."

"Me l'immagino."

"Oh, Rafe, per favore," piagnucola Allison.

Rafe ruota gli occhi al cielo. "Va bene. Levatevi dai piedi, adesso."

Fiona gli punta contro il coltello. "Sentirai la nostra mancanza. Ammettilo."

Mi schiarisco la gola, mentre Rafe scuote la testa. "È ora di montare a bordo. Tutti su!"

"Te la cavi da sola, tesoro?" Accompagno Sunny al suo mini-van.

"Certamente." Si mette in punta di piedi per baciarmi sul naso. Che dolcezza. La stringo a me e mi impossesso della sua bocca.

Un coro di "oooooh" si alza dal pubblico. Faccio loro il dito medio e sia Allison che Fiona ridono.

"A dopo." Sunny mi rivolge il suo tipico sorriso e sale a bordo del mini-van. La seguo con la mia moto, mandando giù un oscuro presentimento.

Io e Sunny non abbiamo ancora parlato del futuro.

Di ciò che accadrà dopo che saremo arrivati in Arizona.

Tutto quello che so è che non voglio dirle addio. Il mio lupo probabilmente non me lo permetterebbe.

Ma non riesco neanche a capire come fare per tenerla con me. Anche se fosse fatta per stabilirsi in un posto fisso –

cosa che so non essere possibile, grazie a quello stronzo del suo ex marito – non è che possa esattamente portarla dentro al mio branco. È vietato.

Quindi cosa ci resta da fare? Devo tentare di convincerla che una relazione a lungo termine può funzionare? Dovremmo comunque vivere lontani dal branco. Magari ci potremmo trasferite nella sua roulotte, sperando che fintanto che restiamo in movimento e andiamo in giro a vendere le sue opere d'arte non si sentirà incastrata e immobilizzata?

È una follia però. Io neanche ci sto dentro a quella roulotte. Scricchiola ogni volta che ci metto piede dentro. Devo stare piegato in avanti per camminarci. E probabilmente impazzirei.

Ma saresti insieme a Sunny, controbatte il mio lupo.

Vero. Verissimo.

Decido di parlargliene quando arriveremo a Wolf Ridge. Dopo che la mia missione sarà completata.

∿

Sunny

Il viaggio da Taos a Phoenix è caldo. Le montagne lasciano spazio al deserto e l'aria fuori si fa sempre più soffocante. Attraversiamo la terra dei Navajo. Mi ritrovo di continuo a mordermi il labbro.

Andrà tutto bene. Cerco di rilassarmi, mentre mi accorgo di stare in apnea al volante. *Sto solo per incontrare l'intero branco di Titus. Niente di che.*

Ma quando arriviamo al parcheggio del Centro Ricreativo di Wolf Ridge, il cemento che ho nella pancia si è del tutto solidificato. *Calmati.* Salto giù dal mini-van per andare ad aiutare i miei nuovi amici mutanti.

Fiona è già smontata a terra, un penoso zainetto in spalla. Questi mutanti non avevano nulla. Neanche abiti da indossare, se bisogna basarsi sull'outfit di fortuna che Fiona ha addosso. Sembra che abbia tagliato una grande maglietta da uomo e un paio di pantaloncini da ginnastica per adattarli alla sua taglia. *Questo non è un problema, ora concentrati sul dare una mano.*

Quando Allison smonta dal pullman, barcolla. Un maschio dinoccolato la afferra al volo, le sue guance che avvampano quando entrambi si raddrizzano. Quando Allison lo ringrazia, arrossisce ancora di più e balbetta: "Be-be-benvenuta."

"Sei dolce," gli dice Allison, e gli spessi occhiali dell'uomo si appannano. Le orecchie stanno praticamente per prendere fuoco. "Sono Allison."

"Io sono Laurie," dice l'alto uomo.

"Allie, piantala di flirtare," dice Fiona. "Ho bisogno del bagno."

Allison arrossisce.

"Ti mostro dov'è." Un tizio dai capelli scuri si fa avanti, mostrando un sorriso abbagliante.

La testa di Fiona si gira di scatto. "Sei irlandese," lo accusa.

"Esatto. Mi chiamo Declan." Alza le mani come se lo avesse minacciato. Tiene ancora in mano il lungo coltello, quindi potrebbe anche essere plausibile. "Felice di conoscerti. E potrei aggiungere che sei la mutante più bella che abbia mai visto."

Fiona lo guarda con occhi socchiusi. Gli punta contro il coltello. "Fatti indietro, cazzone pieno di whiskey."

"Va bene, va bene." Declan si ritira, borbottando qualcosa come 'fottuto folletto aggressivo'.

"Vedo che stai facendo amicizia," dico a Fiona, prendendola in giro.

"Cosa? Oh, andrà tutto bene." Ma Fiona si acciglia guardando in direzione di Declan. "Stavo solo cercando di farlo incazzare."

"È carino," dice Allison. "Non il mio tipo." Dà una pacca sulla schiena al tizio alto e dinoccolato che le sta accanto. "Ma vi vedo bene insieme."

"E io che pensavo di essere un'organizzatrice di incontri," dico. "Sei stata veloce."

"Quando a Fiona piace qualcuno, inizia una rissa," ci informa Allison. "È un test."

"Capisco. A me è sembrato che non avessi intenzione di toccargli il palo," dico scherzando. Tutti sgranano gli occhi e mi rendo conto di ciò che ho detto. "Cioè," dico agitando la mano, sperando di poter cancellare i trenta secondi precedenti. "Intendevo: non avessi intenzione di toccar*lo* neanche con un palo."

"E io dico: un palo? Cavolo, donna." Fiona fischia. "Magari gli vado dietro."

"Mmm." Allison si volta verso di me. "Sunny, hai quella corteccia di salice? So che sono una mutante, ma mi vengo di quei mal di testa."

"Anche a me vengono i mal di testa," mormora Laurie, guardando Allison con rapimento. Sembra che abbia visto un angelo.

"Ho la corteccia di salice nel mini-van," dico. "Vado a prenderla."

Allison mi ringrazia e rivolge a Laurie un sorriso che lo fa barcollare.

Tutti i mutanti si accoppiano così velocemente? Immagino che capiti, quando incontri il tuo compagno.

Un formicolio alla spalla mi fa coprire con la mano il morso che Titus mi ha dato. Non ho mai avuto un uomo così tosto e rude in camera da letto, ma lo adoro. La ferita sta guarendo bene, ma dopo gli dirò di spalmarci sopra un po' di calendula o arnica. Magari tutte e due.

Sto rovistano nel mio armadietto delle erbe, quando la voce di Titus risuona attraverso le pareti. Sposto di lato le tendine. La finestra ha davvero bisogno di una lavata, ma la stazza di Titus è facilmente riconoscibile. Sta parlando con un altro tizio grande e grosso, in pantaloni e camicia, e sembra nervoso.

Titus è rimasto in silenzio e distaccato per l'ultimo tratto di viaggio. Il mio stomaco mi dice che è a causa mia. A causa nostra.

È preoccupato che questa sia per noi la fine? Sto iniziando ad avere la sensazione che non occorre che lo sia. Abbiamo ancora il viaggio fino a Tucson insieme. E se... e se potessimo stare insieme ancora un po'? Non so come, ma cavolo, è come se per la prima volta ci fosse un uomo per cui valga la pena rinunciare alla mia indipendenza. A cui donare la mia fiducia e il mio cuore.

Titus

CAZZO. Noto l'occhiata malevola che l'alfa Green mi ha rivolto quando ha visto il mini-van di Sunny. Non so perché non ho parlato di lei in nessuno dei miei resoconti.

Sì che lo so.

Sono un fottuto codardo, ecco perché.

Quindi eccomi di nuovo qui. A lasciare che una femmina mi accechi e mi impedisca di vedere le mie responsabilità nei confronti del branco. Potrei perdere tutto un'altra volta.

"Amicizie interessanti, quelle che ti sei fatto lassù," evidenzia, gli occhi che si posano non sui rifugiati, ma sul branco del lupo nero. Certo, non posso fare a meno di chiedermi se stia parlando anche di Sunny.

"Sì. Giocano a carte coperte. Penso ci si possa fidare di loro, ma ci è voluto parecchio per tirargli fuori qualcosa."

"Quindi sono fondamentalmente dei mercenari. Lavori pericolosi su richiesta? Hai avuto la sensazione che stessero fissi da quelle parti?"

"Credo di sì, ma non hanno mai rivelato dove si trovi la loro base. Da una delle femmine ho sentito dire che Lightfoot e suo fratello sono originari della zona, ma sono entrati nell'esercito subito dopo la scuola, e da allora non erano più tornati."

"E l'umana?" L'alfa Green sputa la parola *umana* come se stesse parlando di una merda di cane nel prato di casa sua.

Il mio lupo quasi ringhia.

Cazzo. Devo tenerlo a bada. Sto parlando al mio *alfa*. La persona più importante nella mia sfera. Non posso permettere di lasciarmi influenzare da quell'irrazionalità che mi prende quando si tratta delle femmine.

"Cosa ci fa qui?"

"Lei, ehm, si è trovata invischiata nella faccenda."

"Sa di noi." La voce di Green è piatta. Non è una domanda. Non posso negare la verità. Potrò anche evitare certi argomenti, ma non sono un bugiardo. Soprattutto non con il mio alfa.

"Sua figlia è una volpe mutante. Ovviamente Sunny ha capito la cosa." È quasi del tutto vero. Aveva già in parte capito, prima che perdessi la testa per la luna piena e la mordessi.

"Intendo dire che sa di *noi* nello specifico. Di questo branco. Avresti dovuto chiedere il permesso di portare un'umana a Wolf Ridge. Nella nostra zona privata. Non è da te, Titus. Mi aspettavo di meglio."

Sono colpito da un'ondata di nausea, una reazione viscerale alla condanna da parte del mio alfa. Tutti i ricordi del mio richiamo davanti al consiglio nel mio branco di una volta. Il loro attacco fisico, e poi quello ancora più debilitante dell'essere bandito. Tutto torna alla mia memoria. La mia vergogna. La mia inadeguatezza come padre, nel proteggere il mio cucciolo. Perdere la fiducia nella mia abilità di prendere delle buone decisioni.

Ora mi trovo allo stesso punto di prima.

"Garantisco che non parlerà. Sua figlia fa parte del branco di Tucson. È una parente del branco. Ma me ne sbarazzerò," mi sento dire. Mi sembra quasi che la mia voce provenga da miglia e miglia di distanza. Sottile e vuota. "Nessun problema."

"Ne sei sicuro? Perché ho visto quel marchio sul collo." Green socchiude gli occhi. Sta scrutando il mio volto, e mi sembra di non essere capace di mantenere la compostezza della mia espressione. Non so neanche cosa mostrare. Cosa dire.

Nel frattempo, sto lottando contro il mio lupo, che sta ululando contro questo tradimento ai danni della nostra compagna.

Cerco di rispondere, ma la mia mente è vuota. La lingua dieci volte più grande.

"Devi dirmi qualcosa?"

Scuoto la testa, confuso. "Ehm… no. Abbiamo avuto una scappatella. C'era la luna piena e ho perso il controllo, ma non significa nulla. Non significa nulla."

Ora sto davvero per vomitare. È come se avessi appena strappato il mio lupo dalla mia umanità. Come se avessi separato le due parti di me, che prima sono sempre vissute in totale armonia. Caldo e freddo mi attraversano il corpo. I miei organi si contorcono e vibrano.

"È umana, come hai detto." Le mie labbra in qualche modo si muovono ancora, anche se sto per svenire. "E comunque non si fermerà qui."

～

SUNNY

COSA? Barcollo indietro dalla finestra, la mano sul petto. *Me ne sbarazzerò.* Colpita al cuore. Ferita peggio che da un proiettile. Dopo tutto quello che abbiamo condiviso, non posso credere che Titus si liberi della nostra relazione così velocemente.

Non ha significato nulla.

Esatto. Non c'è un *noi*. Sono stata una sciocca a pensare che un tizio con tutti quei problemi potesse impegnarsi sul serio.

L'alfa Green dice qualcosa che non colgo. Sono troppo occupata a premere la mano contro il petto dolorante, il respiro affannoso. È la stessa storia vissuta con Jack. Tutto si ripete. Sono stata reputata indegna dalla mia danneggiata biologia. Non sono abbastanza.

Ma il dolore che sto provando è colpa mia. L'ho causato io. Sono stata io a permettergli di entrare, ed è così che mi devo sentire ora.

Come se stessi morendo.

"Sono fedele al branco," dice Titus. Ovvio che lo è. È per questo che non può essere fedele a me. Non che glie- l'abbia mai chiesto. Non che abbiamo mai avuto una sorta di relazione impegnata.

Però. Essere scaricata come un'umana, quindi di rango

inferiore, di cui si deve sbarazzare, fa davvero male.

Non mi fermo a sentire oltre. Vado, indolenzita, verso il pullman, dove Fiona ha invitato Declan a tornare solo per offenderlo ulteriormente riguardo al suo accento. Sento Titus che si avvicina, quindi mi inserisco nel loro gruppo e mi chino verso Allison.

"Scusa." La mia voce esce forzata. "Alla fine non ho nessuna corteccia di salice."

Fiona si acciglia. "Sunny, tutto ok?"

"Non preoccuparti per me." Agito una mano per scacciare la sua preoccupazione. "È stata una giornata lunga."

"Vi sono davvero riconoscente, ragazzi…" La voce di Titus riecheggia e io resto in silenzio. È a pochi metri di distanza e sta stringendo la mano di Rafe.

Vorrei essere da qualsiasi altra parte, ma non qui. Vorrei essere invisibile.

Allison si avvicina, il volto luminoso. Per un secondo sembra che voglia dare un abbraccio al grosso militare. "Volevamo solo ringraziarti…"

"Non c'è di che," la interrompe Rafe, tirandosi indietro prima che lei possa toccarlo. I suoi uomini sono già montati a bordo degli Humvee. La G63 di Deke solleva la polvere partendo a tutta birra.

Giusto. Ai lupi non piace aggregarsi al di fuori del loro branco.

Rafe abbassa i finestrini oscurati, annuisce in direzione di Titus e dell'alfa Green e poi monta a bordo dell'-Humvee di suo fratello.

"Ciao ciao, lupi neri," mormora Allison. Non sembra troppo dispiaciuta del distacco di Rafe.

Mi porto verso l'esterno del gruppo.

"Bene," tuona la voce dell'alfa Green. "Abbiamo panini e bevande dentro, e alcuni dei miei uomini stanno organizzando i posti dove starete. E appena potremo, raccoglieremo informazioni da tutti, in modo da mettervi in contatto con le vostre famiglie e sistemarvi, ovunque vogliate stare o andare."

I mutanti iniziano a dirigersi verso il punto indicato dall'alfa Green.

"Titus," dice l'alfa Green, richiamandolo con un cenno della mano. "Ho bisogno di te dentro."

"Arrivo." Titus ruota sul posto, cercando tra la folla. Il volto è pallido e teso. L'aura grigio-marrone.

Mi abbasso dietro al mini-van. Ho le mani sudate, la testa che vortica, pronta a esplodere in un'emicrania letale. Sta cercando me. Ovviamente potrebbe seguire l'odore, se volesse, ma dopo un paio di secondi, scrolla le spalle ed entra nell'edificio. Quasi tutti se ne sono andati.

"Ti porto un'aspirina," dice Laurie ad Allison, offrendole la mano. Lei la prende e Laurie si rizza in tutta la sua altezza. Declan e Fiona vanno dentro, le labbra della donna piegate in un sorrisino, mentre continua a bisticciare con lui.

Prendo in mano le mie chiavi ed entro nel mini-van. Meglio scappare adesso, prima che qualcuno se ne accorga. Devo andarmene da Wolf Ridge. Devo andarmene da Titus.

Non mi vuole.

Il freddo pensiero mi spinge avanti per le due ore e mezza che mi servono per arrivare al vialetto fuori dalla casa di mia figlia.

Delle voci mormorano all'interno. Busso.

Un secondo dopo, la testa colorata di mia figlia sbuca sulla soglia. "Mamma?" Quando vede la mia faccia, inarca le sopracciglia, preoccupata, sotto ai colori da sirena dei suoi capelli.

Solo allora lascio che il mio volto si corrucci, e inizio a piangere.

CAPITOLO DODICI

Titus

LA PESANTEZZA delle bugie che ho raccontato all'alfa Green mi intorpidisce la bocca. Continuo a dirmi che l'ho fatto per il bene di Sunny. Per evitare che l'alfa Green si preoccupasse di lei, o che arrivasse a chiedermi di ingaggiare un vampiro per farle cancellare la memoria.

Stronzate.

Non serve neanche che il mio lupo mi ringhi dietro. Lo so da me.

È stata completa autoconservazione.

Non volevo farmi scacciare di nuovo dal branco a causa di una femmina, quindi ho agito da codardo.

Ma va bene. Se riesco a uscire da qui, troverò Sunny e potremo parlare del nostro futuro. Se accetterà di lasciarmi essere parte della sua vita, allora potrò gestire Green.

Neanche questo basta ad ammorbidire il mio lupo, né me. C'è una corrente di disagio che mi scorre dentro come un fiume in piena.

RENEE ROSE & LEE SAVINO

A peggiorare le cose, non riesco a vedere Sunny da nessuna parte. Non la vedo da un paio d'ore, praticamente da quando siamo entrati qui, e non ha risposto al mio messaggio con cui le chiedevo dove si fosse cacciata.

Ovviamente Green mi tiene gli occhi addosso per tutto il tempo, cazzo, quindi non sono riuscito a completare i miei doveri e andare a cercarla.

Finalmente riesco a completare il mio resoconto al consiglio del branco.

"Ottimo lavoro, tutti quanti," dice l'alfa Green, congratulandosi con i presenti. Abbiamo interrogato alcuni dei mutanti e abbiamo fatto una conferenza con il guru della tecnologia informatica Jackson King e sua moglie Kylie, una mutante con incredibili doti da hacker. Stanno lavorando per contattare i branchi o le famiglie di ciascuno dei mutanti rapiti, tra quelli che vogliono tornare a casa loro. Se qualcuno preferisce non fare ritorno, li aiuteremo a sistemarsi qui. Nel frattempo, il branco di Phoenix continuerà a ospitare tutti.

Faccio un vago cenno con la testa quando Pierce, uno dei miei amici del consiglio, mi dà una pacca sulla spalla. "Ottimo lavoro, Titus."

"Sì, grazie. Ora devo andare però. Ci vediamo."

Ho cercato un paio di volte di sgattaiolare fuori da questo meeting prima, ma ogni volta andava a finire che il mio alfa mi rivolgeva un'altra domanda.

Sunny è una donna adulta. Sa arrangiarsi da sola. O questo continuo a dire al mio lupo. Ma non c'è niente che mi sembri giusto in questa storia.

Nel salone centrale restano solo la metà dei mutanti, che aiutano a pulire i resti della cena o a rovistare sui tavoli posti sul retro, con abiti e vari oggetti di utilità offerti come dono. Gli altri nuovi mutanti sono stati prelevati da membri del branco, che si sono offerti di ospitarli a casa loro.

Allison e Fiona sono ancora qui, sedute con due degli strani mutanti di Tucson. Mi fermo accanto al loro tavolo.

"Dov'è Sunny?"

Allison si acciglia, scambiando un'occhiata con Fiona. "Non la vedo da un po'."

"Sì, non ha cenato con noi. L'ultima volta che l'ho vista era fuori dal suo Volkswagen."

"Grazie." Mi dirigo fuori, con un'inspiegabile sensazione di timore nello stomaco.

"Sunny?" La luce del sole basso all'orizzonte mi colpisce agli occhi e li schermo con la mano, facendo il giro del pullman e dei SUV, alla ricerca di un familiare lampo argentato. In mezzo al mare di odori, il profumo fruttato ed erboso di Sunny mi stuzzica le narici. Arrivo alla fine del parcheggio. Dov'è andata? Per qualche motivo si è spostata dall'altra parte dell'edificio?

Il mio lupo mi ringhia contro un insulto. Lo ignoro. Non ora. Devo trovare Sunny. Devo sistemare questa roba con lei. Subito. O stiamo insieme o no. Ma devo saperlo.

Il mio lupo ulula. *Mia. La nostra compagna.*

Mi massaggio dietro al collo. Devo davvero sistemare questa situazione. Voglio bene a Sunny, ma appartengo al mio branco.

Espiro e fisso il terreno. Il lupo mi richiama all'attenzione. Mi ci vuole qualche secondo per capire ciò che sto vedendo: un'impronta di copertoni in mezzo alla polvere.

Cazzo. Immagino che questo significhi che non stiamo insieme.

Mi ha lasciato.

Di nuovo.

SUNNY

FOXFIRE mi riempie la tazza di camomilla. Dietro di lei, Tank occupa tutto lo spazio disponibile nella cucina, appoggiandosi alla credenza. La sua grossa stazza assomiglia tantissimo a quella di Titus, e quasi mi fa male guardarlo.

"Quindi te ne sei appena andata?" chiede sottovoce mia figlia. È calma, ma la sua aura colorata pulsa in segno d'allarme. Non capita tutti i giorni che le arrivi sulla soglia di casa e scoppi a piangere.

"Sì." Mi asciugo gli occhi. "Non ho voluto restare dove non ero desiderata. Data la scelta tra me e il suo branco, chi va a scegliere?" Cerco di ridere. Il morso sulla mia spalla pulsa e me lo massaggio con il palmo. Il dolore si irradia al braccio. "Hai dell'arnica?" Mi allargo il colletto della maglietta.

Foxfire inspira di scatto, mi afferra la maglietta e fissa la ferita. "Che diavolo è? È stato Titus?"

"Va tutto bene, cara." Spingo via la sua mano e copro il marchio con la mia. "È solo un morso d'amore." Un grosso morso.

"Non è un morso d'amore. È un marchio dell'accoppiamento."

Sbatto le palpebre sentendo il suo tono serio. "Che cosa?"

"Tank?" chiama mia figlia. Il suo uomo è già su di me. "Lascia che guardi lui."

Con un sospiro, levo la mano. Il suo sguardo si fissa sul marchio.

"Non è niente," insisto.

"Non è vero che non è niente. Vedi?" Foxfire tira il colletto della sua maglietta e mi mostra una cicatrice guarita. "È una cosa dei lupi. Lo fanno quando vogliono prendere possesso di te. Se Titus ti ha fatto questo, significa che sei la sua compagna."

"Ma… sono umana."

"Non ha importanza. Il suo lupo ti ha fatta sua."

"E poi Titus ha rinunciato a me. Ha definito la nostra relazione una 'scappatella' e ha detto al suo alfa che non significava alcunché." Le parole mi trafiggono di nuovo il cuore.

"Cazzo," mormora Tank, allontanandosi con passi pesanti. È un gesto così da Titus che le lacrime mi riempiono gli occhi.

"Va tutto bene, Sunny." Foxfire posa la sua mano sulla mia. "Ti assicuro che andrà tutto bene."

～

Titus

SE N'È ANDATA. Se n'è andata, cazzo.

Cerco di appiopparle tutti i nomi con cui ho chiamato la mia ex-moglie. *Troia. Traditrice.* Ma il mio lupo non sta al gioco. Era stato felice di sbarazzarsi della mia ex-moglie, che ci aveva mentito fin dall'inizio. Sunny non mi ha mentito. È stata sempre coerente con se stessa, ogni giorno, e mi ha lasciato entrare nella sua vita, sapendo che avrei potuto giudicarla.

Mi porto il telefono all'orecchio prima di rendermi conto che sta vibrando.

Junior, si legge sullo schermo. Rispondo. "Tank? Va tutto bene?"

"No. C'è un problema."

Mi crolla il cuore sotto ai piedi. "Si tratta di Foxfire? È

venuto qualcuno a cercarla?" Merda, sapevo che ci sarebbero stati dei ritorni, ma non pensavo così presto.

"Non è Foxfire. Io e lei stiamo bene. Si tratta di Sunny."

Il mondo si capovolge. "Sunny? È… è lì?"

"Già. Si è presentata qui un'ora e mezza fa, piangendo come una pazza. A quanto pare ti ha sentito denunciarla all'alfa Green."

I pezzi vanno al loro posto e scatto sull'attenti. Sento vorticare la mente. Cos'ho detto a Green? Oh, cielo, brutte cose. Davvero brutte. "Cazzo."

"Già."

"Tank, io…"

"L'hai marchiata, papà. Ho visto il morso."

Non riesco a parlare.

"Senti, non puoi mettere il branco al di sopra della tua felicità personale. Il branco non è tutto. E Sunny… non è la mamma. Le femmine non sono tutte così."

Fa male, sentire Tank che chiama in causa sua madre. Non ne parla mai, se può farne a meno. Preferirei che mi sparassero, piuttosto che costringere mio figlio a ricordare la femmina che l'ha abbandonato.

"Lo so."

"Sunny non è così. È amorevole e leale."

"Se n'è andata," gli ricordo. "Due volte."

"Anche Foxfire mi ha lasciato. Queste Hines preferiscono fare così, piuttosto che affrontare il rifiuto."

"Non l'ho rifiutata." La bugia sa di cenere dentro alla mia bocca.

"Sì, l'hai fatto. L'hai fatta entrare nella tua vita e l'hai gettata in pasto al giudizio dei lupi. Non è così che si tratta una compagna. Non è questo che mi hai insegnato."

Nostra, ulula il mio lupo. *La nostra compagna.*

Mando giù il dolore. "Se n'è andata per sua decisione."

"E allora vieni a riprendertela," ringhia mio figlio. "Metti da parte il tuo dannato orgoglio e proteggi la tua compagna."

Sì! Il mio lupo è d'accordo.

"... signore," aggiunge Tank.

"Sei un brav'uomo, figliolo."

"Sono come mi hai cresciuto tu."

"Sono orgoglioso di te."

"Papà..." Tank sospira. Qualsiasi cosa stia per dire, sarà pesante. "Ti voglio bene."

Stringo il telefono con maggiore forza. Cerco di deglutire. "Ti voglio bene anch'io." Non diciamo mai queste parole a voce alta. Ma perché no? La vita è troppo dannatamente breve per tenere tutto imbottigliato dentro.

Io e Tank ci schiariamo la gola contemporaneamente. Parla lui per primo. "Sunny è qui. La terremo al sicuro fino a che non verrai. Solo non metterci troppo."

Ci salutiamo e riagganciamo.

Sunny. Cazzo. Devo andare a riprendermela. Subito.

Torno dentro per prendere le chiavi e il mio gilet.

"Titus?" L'alfa Green mi chiama dall'angolo. Gli altri membri del consiglio sono sparpagliati per la stanza a mangiare gli avanzi. "Puoi portare il pullman del branco all'hotel in fondo alla strada e far sistemare il resto degli ospiti?"

"No. Sto partendo."

"Cosa? Si tratta dell'umana?" Green socchiude gli occhi. "Perché lei se n'è andata. Pierce l'ha vista andare via mentre entravamo."

Mi fermo sulla porta. "Sapevi che se n'era andata e non me l'hai detto?" dico al mio alfa, ringhiando.

Dilata le narici. "Pensavo intendessi sbarazzartene." C'è un tono di avvertimento nella sua voce, ma non me ne frega un cazzo.

"Non avevi alcun diritto di mandarla via!" Ora sto proprio gridando. Gli altri membri del consiglio sono a bocca aperta. Nessuno sfida Green in questo modo.

"Non l'ho mandata via. E comunque è umana. Il suo posto non è tra i mutanti, e lo sa. Meglio di te, a quanto pare. Dove stai andando?"

Afferro il mio gilet dalla sedia e me lo infilo addosso. "A riprenderla."

"Titus, non puoi stare con lei. Te lo proibisco."

"Fanculo." Le parole mi escono di bocca prima che possa pensare.

"Come scusa? Cos'hai detto…"

"Vado a prendere Sunny. È mia."

"È umana. Tu sei parte di un branco. A cui lei non appartiene."

"È la mia compagna."

"Non puoi portare un'umana qui. Non nel mio branco."

"Allora sono fuori," abbaio.

"Cosa?" Pierce annaspa. Tutti gli altri mutanti restano zitti. Stanno tutti guardando: Allison, Fiona, Declan, Laurie e il resto. L'intero consiglio.

Sento la pelle d'oca che danza sulle mie braccia. Il mio lupo trattiene il fiato. Sa che ciò che sto per dire non potrà essere cancellato.

"Sono fuori," ripeto. "Fuori dal branco."

L'alfa Green è quasi viola. Non la prende bene quando la gente gli si oppone. "Se te ne vai adesso, Titus, non potrai tornare indietro."

"A me sta bene." Ruoto sui tacchi e vado verso la porta. Non è saggio dare le spalle a un lupo arrabbiato – e Green è arrabbiato come non l'ho mai visto prima – ma non me ne frega un cazzo. Nessuno dei membri del consiglio mi può fermare. Sono troppo grosso, troppo forte.

La mia rabbia mi porta fino a metà del parcheggio. Quando arrivo alla mia moto, rallento.

Cazzo. Ho lasciato il mio branco. Cazzo! È il mio passato che si ripete. Cacciato via a causa di una donna. Ma questa volta è diverso. Tank era piccolo, e dovevo proteggerlo. Ora è grande. Le mie scelte sono mie e basta. Non hanno nessun effetto su nessuno, oltre a me.

E Sunny, mi ricorda il mio lupo.

Giusto. Sunny. Niente conta, eccetto andarla a riprendere. Per la prima volta da un sacco di tempo, vedo le cose con chiarezza.

Monto in sella alla moto e avvio il motore. Con il sole che cala alle mie spalle, mi dirigo verso Tucson.

Basta scappare. Questa storia finisce stasera.

CAPITOLO TREDICI

Sunny

"Sunny?"

"Foxfire, che c'è? È tardi." Strizzo gli occhi davanti alla sua silhouette nella penombra del corridoio. Mi pulsa la testa.

"Scusa. C'è qui una persona che vuole parlarti."

Cosa? "Chi…" Percepisco il cambiamento nell'aria. Il brivido di una presenza familiare. Solo Titus mi scombina i sensi in questo modo. "No."

"Penso che faresti bene a parlare con lui…"

"Foxfire," la chiama Tank. Mia figlia scompare. Rotolo giù dal letto. Se devo affrontarlo, intendo farlo sui miei due peli. Piedi.

Oh, chi voglio prendere in giro? Sono una tipa stramba. Sono sempre stata stramba. Allargo le spalle. Non intendo cambiare per un uomo. Neanche per Titus.

La sua figura riempie la soglia della porta e la stanza scompare. È lui l'unica cosa che vedo.

"Sunny."

"Titus." A ripensarci, non starò in piedi. Mi risiedo con grazia, un secondo prima che cedano le ginocchia. "Cosa vuoi?"

"Te."

"Buffo, non è quello che ho sentito." Sì, è così che fa una donna sulla cinquantina quando si comporta come un'adolescente. Ma ho il diritto di atteggiarmi un po'.

"So cos'hai sentito." Allarga le braccia. Se non sembrasse così dannatamente dispiaciuto, lo spedirei fuori dalla camera a calci.

"Ho fatto un casino. Per un minuto – per uno *stupido* minuto – ho davvero pensato che il mio posto nel branco fosse più importante di te. Ma mi sbagliavo."

Con mio shock, si inginocchia davanti a me. Devo essere matta, perché non mi viene in mente altro che saltargli addosso e stringere le gambe attorno ai suoi fianchi come ho fatto alla cascata.

Invece mi premo le nocche contro la bocca per impedirgli di vedere il mio collo mentre deglutisco a fatica. È un tentativo fallito, perché alcune lacrime scivolano sul dorso della mano.

"Tesoro," dice sottovoce. Copre la mano che tengo sulla bocca con la sua e la toglie delicatamente, accarezzando il dorso con il pollice. "Ti ho ferita. Mi spiace tantissimo. Avevo la testa da un'altra parte. Dopo il meeting avevo programmato di parlare con te del nostro futuro. Perché ti amo e voglio stare con te. Ma quando l'alfa Green mi ha riempito di domande, sono andato nel panico. E credimi, ho sentito il tradimento in quelle parole nel momento in cui mi sono uscite di bocca. E mi sono detto che sarebbe andato tutto bene, perché una volta parlato con te, avrei poi sistemato Green."

Anche se non potessi percepire la sua energia, c'è

un'immensa tristezza dipinta sul suo volto. Non posso dubitare delle sue parole. Titus non è mai stato un bugiardo o un fasullo, ad ogni modo.

"Ma questa parte è già fatta, quindi sto sperando con tutto me stesso di poterti convincere a stare con me."

"Quale parte è già stata fatta?"

"Ho lasciato il branco. Ho detto a Green che eri la mia compagna e che può tranquillamente mettersela via, perché resterò con te."

Annaspo. "No... Titus."

Il suo volto si fa allarmato.

"Il branco significa tutto per te. Non lo devi lasciare per me."

Mi scosta una ciocca di capelli dal viso. "Non me ne frega niente del branco. A me interessa solo di te. Ti prego, dimmi che mi vuoi. Non ti costringerò a fermarti, te lo giuro. Dovremo prendere una roulotte più grande, ma verrò con te, ovunque il tuo spirito libero voglia andare."

Rido leggera. "Titus, no," ripeto, e lui sembra ancora più allarmato. "Cioè, no nel senso che non serve che viviamo in una roulotte. Non ti trascinerei in giro per il Paese lungo il circuito dei mercatini artigianali."

Titus aggrotta la fronte. "Non sono sicuro di quello che stai dicendo, sole mio. Ti prego, dimmi che vuol dire che mi permetterai di essere il tuo compagno."

Tocco il marchio dell'accoppiamento. "Da quello che capisco, il patto è già sancito."

Il senso di colpa vela il volto di Titus. "Mi spiace. Avrei dovuto dirtelo. È solo che non volevo spaventarti. So che non ti piace l'idea di accasarti."

Allungo una mano e gli tocco il viso. La sua barba argentata è morbida sotto alle mie dita. "Titus, hai capito male. Sarei felicissima di accasarmi."

Inarca le sopracciglia. "Davvero?"

"Sì. Con te. Qui. O da qualsiasi altra parte. Se davvero stai cercando una compagna."

Ride. "Non sto cercando una compagna."

Arrossisco. "Oh, io…"

"L'ho già trovata."

"Davvero?" sussurro.

Allunga le mani e mi stringe il volto. "Sì, ed è proprio qui davanti a me."

"Non è un problema che sia umana?" gli chiedo. Non posso entrare in questa relazione sentendomi inadeguata. Ci sono già passata. Già fatto. Non intendo rifarlo.

"Adoro il fatto che tu sia umana." Mi tira sul suo grembo, dove non vedevo l'ora di trovarmi.

Gli stringo le braccia attorno al collo. "Sul serio?"

"Sì, cavolo. Significa che ti impressionerò di continuo con la mia forza esagerata." Flette le cosce sotto di me, facendomi sollevare di tre centimetri.

Rido e gli mordicchio il labbro. "E il tuo tremendo valore."

Gli diventa duro l'uccello, il che mi fa sollevare ancora di più. "Esatto, quello."

"E il tuo meraviglioso lupo argentato." Lo bacio.

Prende il comando, tenendo i lati del mio volto mentre si impossessa della mia bocca. "Sì, anche quello." La sua lingua scivola contro la mia, i baffi mi solleticano le labbra.

"Ti amo, Sunny Hines."

"Ti amo anch'io, uomo-lupo."

In qualche modo, si alza in piedi con le mie gambe ancora strette attorno ai fianchi.

"Dove andiamo?" chiedo, mentre mi porta fuori dalla stanza degli ospiti.

"Al tuo Volkswagen." Abbassa la voce, che diventa un sommesso rombo che solo io posso sentire. "Non posso scoparti in casa di mio figlio. Mi sembra troppo strano."

Rido. "Sono sicura che sia Foxfire che Tank ti ringrazieranno per questo."

"Te lo garantisco, cazzo," dice. "Soprattutto perché ti farò gridare fortissimo."

"Forse sarà meglio portare Daisy qualche isolato più in là, allora," suggerisco, mordicchiandogli il collo.

"Qualche *chilometro* più in là," conferma.

EPILOGO

Sunny

"UN BRINDISI," dice Foxfire.

"A che cosa?" Tank appoggia il piatto da portata sul tavolino da picnic. Titus sta pulendo la griglia, preparandosi a cucinare una montagna di carne.

"All'amore." Sorrido a Titus. Ha addosso un grembiule da cuoco con scritto *Posso suggerire la salsiccia*, con una freccia che indica in basso. Gliel'ho comprato al mercato agricolo, e aveva giurato che non se lo sarebbe mai messo... fino a che non ho passato qualche serata ad assaggiare la sua salsiccia. Foxfire ha minacciato di accecarsi quando l'ha visto uscire con quell'affare.

"All'amore? Troppo sdolcinato," si lamenta Foxfire.

"Non c'è da stupirsi che non abbia dei nipotini."

"Sunny!" Mi lancia un'occhiataccia, poi guarda male anche Titus, e infine alza gli occhi al cielo. "Perché a me? Cos'ho fatto per meritarmi questo?"

"Piantala di fare tanto la drammatica. Io e Titus siamo degli adulti, con una libido normale e in piena salute…"

"Non osare nominare la tua libido quando sei con me."

"… e siamo fatti l'uno per l'altra. Stiamo recuperando il tempo perduto." Dopo qualche giorno passato a sgattaiolare via con il mio mini-van, alla fine l'abbiamo fatto nella camera degli ospiti di Foxfire ieri notte. Soffio un bacio a Titus. "Ti amo, uomo-lupo."

"Ti amo anche io, sole mio."

"Oh mio Dio, sto per vomitare," mormora Foxfire.

"Vado ad aprire." Tank si allontana.

Piego la testa di lato. "Non ho sentito il campanello…"

Il campanello suona.

"Super sensi." Foxfire si porta un dito all'orecchio. "A proposito, quanto pensate di restare accampati qui? Non è che non adori i tuoi pancake senza glutine, Sunny, è solo che con il nostro udito da mutanti possiamo sentirvi attraverso le pareti."

"Oh, scusa, tesoro. Parliamo troppo forte?"

"Non è il parlare che mi preoccupa."

"Oooooh." Guardo Titus e ridacchio. "Beh, sai come sono questi lupi. Così virili e…"

Foxfire si preme le mani contro le orecchie e inizia a cantare: "La la la."

Titus le tira delicatamente i polsi quanto basta per dirle: "Domani andiamo a fare un'offerta per una casa. Stanotte dormiamo in albergo."

"Grazie, signor T. Non ti spiace se ti chiamo signor T, vero?"

"Sì che mi spiace," risponde Titus serio, ma a me fa l'occhiolino.

Foxfire ride. Tank infila la testa attraverso la porta. "Sono qui."

"Aaah," dice mia figlia con un gridolino, e corre ad

abbracciare una donna rossa dai lineamenti familiari, con una spruzzata di lentiggini marroni sul naso. Un uomo possente si trova tra lei e Tank. Guarda Titus con espressione sospettosa, poi alza il mento in segno di saluto.

Foxfire prende la donna per mano e la trascina verso di me. "Sunny, lei è Jordy. È…"

"La sorella di Johnny," dico. "Oh, mia cara, mi aveva raccontato di te. Eri solo una bambina, ma gli assomigli così tanto." La stringo in un abbraccio.

"Attenta," avvisa la guardia del corpo di Jordy. Allargo le braccia e mi tiro indietro per osservare Jordy.

"E tu devi essere Grizz." Foxfire saluta l'energumeno. Lui sbuffa un ciao.

"Aspetta un minuto." Socchiudo gli occhi. L'aura di Jordy è morbida e lucente, e contiene la pulsazione di due cuori.

"Nipoti," grido. "Nipoti! Titus, avremo dei nipotini."

"Beh, a dire il vero," dice Foxfire, "Jordy è la sorella di mio padre, quindi è praticamente mia zia, e sua figlia sarà una tua nipote di secondo grado…"

"Una nipotina," dico con voce dolce, stringendo Jordy con delicatezza. "Oh, sono così felice per voi. Mi giro e allargo le braccia verso Grizz. Lui sembra leggermente allarmato mentre gli do uno dei miei classici abbracci. "Benvenuto in famiglia." Gli sorrido.

"Grazie." Mi dà un singolo colpetto sulla schiena.

"Oh, sono felicissima." Agito le mani davanti alla faccia per asciugare le lacrime. "Titus, non è meraviglioso?"

"Certo, sole mio." Titus mi tira a sé per un bacio.

"Bleah!" gemono Foxfire e Tank contemporaneamente.

"Oh, piantatela voi due. Anche voi fate parecchio rumore. *Paparino.*" Lancio un'occhiata eloquente a Tank.

Foxfire finge di vomitare dentro al vaso di una pianta.

"Birra?" offre Tank a Grizz.

"Soda. Per tutti e due." L'energumeno armeggia attorno alla sua compagna, scostandole una sedia e assicurandosi che abbia un cuscino.

"Sto bene," sussurra, e gli sorride con tanta dolcezza che mi salgono ancora le lacrime. Quando lo vedo chinarsi a baciare il suo viso pieno di lentiggini, mi devo asciugare gli occhi.

Mi appoggio a Titus e li guardo, lo sguardo pieno di cuoricini. "Sono felicissima, Titus. Tu sei contento?"

"Io ho il mio sole." Mi cinge la vita con un braccio e continua a cucinare. "Certo che sono contento."

SE QUESTO LIBRO vi è piaciuto, apprezziamo sempre le vostre recensioni e raccomandazioni. Sono i lettori come voi a rendere possibile la diffusione nel mondo di libri scritti da autori indipendenti come noi. Grazie!

VUOI SAPERNE DI PIÙ?

OTTIENI IL TUO LIBRO GRATIS!

Iscrivetevi alla newsletter di Renee per ricevere Indomita, scene bonus gratuite e notifiche riguardo a nuove pubblicazioni!

https://subscribepage.com/reneeroseit

ALTRI LIBRI DI RENEE ROSE

https://reneeroseromance.com/italiano/

Chicago Bratva

Preludio

Il direttore

Il risolutore

Posseduta

Il sicario

Il soldato

L'Hacker

L'allibratore

Il pulitore

Il playboy

Vegas Underground

King of Diamonds

Mafia Daddy

Jack of Spades

Ace of Hearts

Joker's Wild

His Queen of Clubs

Dead Man's Hand

Wild Card

Deseada

Sedotta

Padroni di Zandia

La sua Schiava Umana

La Sua Prigioniera Umana

L'addestramento della sua umana

La sua ribelle umana

La sua incubatrice umana

Il suo Compagno e Padrone

Cucciolo Zandiano

La sua Proprietà Umana

La loro compagna zandiana (gratuito)

L'AUTORE

L'autrice oggi bestseller negli Stati Uniti Renee Rose ama gli eroi alfa dominanti dal linguaggio sboccato! Ha venduto oltre un milione di copie dei suoi romanzi bollenti, con variabili livelli di erotismo. I suoi libri sono comparsi su *USA Today's Happily Ever After* e *Popsugar*. Nominata *Migliore autrice erotica da Eroticon USA* nel 2013, ha vinto come autrice antologica e di fantascienza preferita dello S*punky and Sassy*, come miglior romanzo storico sul *The Romance Reviews* e migliore coppia e autrice di fantascienza, paranormale, storica, erotica ed ageplay dello *Spanking Romance Reviews*. È entrata dieci volte nella lista di *USA Today* con varie antologie.

Iscrivetevi alla newsletter di Renee per ricevere scene bonus gratuite e notifiche riguardo a nuove pubblicazioni!
https://www.subscribepage.com/reneeroseit

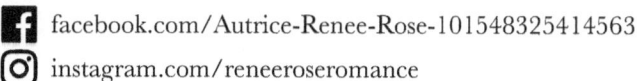

facebook.com/Autrice-Renee-Rose-101548325414563

instagram.com/reneeroseromance

ALTRI ROMANZI DI LEE SAVINO

Romanzo Paranormale

La Saga dei Berserker. Questi valorosi guerrieri non si fermeranno di fronte a niente per rivendicare le loro compagne…Comincia con <u>Venduta ai Berserker</u>.

Alfa ribelli, con Renee Rose (cattivi ragazzi licantropi) – comincia con Tentazione Alfa.

Romanza Fantascienza

Compagno brutale con Tabitha Black
Rapita dagli alieni. Ceduta a una razza aliena. Messa all'asta. Ma, invece di essere venduta al miglior offerente, vengo salvata da uno dei Brutali.

La prigioniera aliena con Golden Angel
Il comandante esige obbedienza. Intende reclamarmi, addestrarmi e trasformarmi nel suo perfetto piccolo trofeo del piacere.

Romanzi Contemporanei

La bella e i boscaioli
*Dopo quest'ultima stagione di taglio del bosco, chiuderò con il sesso.
Per... un certo numero di ragioni.*

Il principe scapestrato
*Non mi innamorerò del mio arrogante e irritante capo che si proclama
dio del sesso. No. Neanche per sogno.*

Il Mio Daddy È Un Marine
Il mio fichissimo eroe dei marine vuole che lo chiami papà...

Contesa tra due "paparini"
*Sono presa tra due fuochi: due "paparini" dominanti, amicissimi tra
loro, che però competono sempre su tutto.*

La bambina del cowboy con Tristan Rivers
*Non avrei mai pensato che mi sarei ritrovato con una ragazzina
selvaggia da domare in prima persona.*

L'AUTORE

Lee Savino è una fra le migliori scrittrici di libri erotici 'smexy' al giorno d'oggi negli Stati Uniti. 'Smexy' nel senso di 'smart e sexy': storie sensuali ed argute. La puoi trovare nel gruppo Goddess in Facebook ed è possibile scaricare un suo libro gratuito su https://leesavino.com/italiano!

Ricevi un libro gratuito, **Allevata dai Berserker** (solo per i fan più sfegatati iscritti alla newsletter di Lee). **Clicca qui per cominciare**